月光河
司馬中原 著

緊握每一顆記憶的光點
——新版序

對於一個終生抱筆的作者來說，和長夜結緣是很正常的事，我安守著星、月和孤燈的生涯，少說也有一甲子了，一圈燈色之外，黝黑中彷彿有一道滿蘊奧祕的門戶，打開它，便見到無數盞靈性的燈火，映現出千門萬戶的璀璨景象，清冷的月色，深玄的蒼宇，乳白的銀河，都成為我生命的底色，每一種記憶都是眨動的星芒，我要盡力的通過筆尖去捕捉它，通過適度的刻繪和深細的描摩，為生命在流逝中留下一絲痕跡，哪怕祇是一鱗半爪，卻也如夢如詩，為本身帶來些許溫慰。

我總在想：每個人不論出生在北地或是南方，儘管出生時代不同、環境不同，但各自都揹負著自己生命的墨圖，你的童年、你的成長經歷、你的生命觀照，其實都能寫成一冊冊感人的大書，祇要能養成守燈默悟，對月思懷的習慣，享受在寂默中讓靈悟展翼飛翔，緊握每一粒記憶的光點，任何人都能刻繪出生命真實的容顏。《月光河》，我就是在如此情懷中，以積沙成塔的嚮往，緩緩累積而成的。

我浮居這美麗的島上近六十年，對這裡的山川有著深厚的感情，在本書重新整理出版之際，特別加入了〈山水小唱〉一輯，以精煉的小品型式，描繪了台灣的山川河海之美，透過文字，發為精神上讚頌的歌吟。事實上，人與自然本為一體，無所謂原鄉故土抑或是異地他山，祇要將心靈與自然契合，掌握住至美的一刹，它就不是無痕的春夢，而是一種永恆。

於今，我仍守著燈和夜，望月或是聽雨，任時光的雕刀鍥刻著我逐漸老去的容貌，有人認為抒情散文的寫作，適合於愁紅慘綠的年歲，因那時，青春激湧如飛泉，而我已是殘陽入崦的年歲，自知不敏而改寫較為凝冷的雜文矣。回首歷歷前程，《月光河》這樣的集子，可能已成為珍貴的絕響了，至少對個人而言，我還是依依不捨，萬分珍惜它的。亟盼我能以「晚晴勝曙」的心胸，凝聚成一朵滿披霞彩的高雲，以八風不動的姿影，目送我遠去的青春。

九十六年冬日・台北市

目錄

緊握每一顆記憶的光點（新版序） 003
凝鍊生命情感（原書序） 009

輯一、古老的故事

寒夜 013
夢痕 018
晝夜 023
古老的故事 028
舊夢 033
寄遠 038
浮生 043
印象 047
暮 052
蘆笛思懷 056
春之憬悟 059
守燈 062

輯二 月光河

那一抹隱約的青蒼 067
磨坊 070
遙遠的懷念 075
月光河 079
雁 085
廟 090
梧桐 094
沼澤 098
夏之雜拾 103
七夕閒話 108
蠶 111
檢遺集 117
蟋蟀 126
狂犬病之憶 133
石榴花 137
風聲 141
哭墳 145

如煙的夢痕 150

輯三、習字記

無河之獅 157
拾級而登 161
我的少年時代 168
習字記 175
此生只願作書囚 180
垂　釣 184
弈　趣 188
慕　鄉 194
武陵夜宿 199
山水小唱 203
《鄉野奇談》拍片始末 224

附　錄

獨釣歷史的惆悵——張默 229

凝鍊生命情感
——原書自序

隨著年齡的增長，寫散文的願望愈益強烈了。記得有人說，年輕的時候感覺敏銳，夢幻紛陳，是適於散文創作的年齡；回想起來，那時我確曾狠迷過一陣子。感情是夠真摯，夠濃烈了，但文字拙劣，毫無技法，最主要的是生命缺乏較深的內涵，寫出來的作品，熱烈得近乎狂亂，淺薄不堪。

我把那些早期的習作，捲藏在箱底，經過多年的浪跡，都已經散失了。從那之後，我就很少寫散文。由於從事小說創作，使我的生活面逐漸拓廣，對人世間眾多事物的看法，也因年事增長，產生了改變。因而，在從事小說創作之餘，很想表露自己內心對所蘊藏的感受，散文創作，最能適合這種要求。

《月光河》這個集子，最能顯示出我生命成長的痕跡；我藉著它召喚記憶和印象，藉著它標明我的心志和願望，每一個篇章都凝有我生命情感，它已非早年信筆塗鴉了。這些年來，當我面對著廣大讀者群時，總有人問我若干探究性的問題，我想，它的答案都該在這冊書裡吧？生命中蘊藏著的奧祕，有時是很難正面解答的。

僅以此書呈獻給關心我的讀者們。

——六十七年九月．台北市

輯一・古老的故事

寒夜

時序輪秋了，在白天，盆地的鬱熱未散，捲在人潮裡，滿眼不見秋景，心頭也欠一份秋情。不過，夜來時獨坐露台，聽山麓的鳴蟲，從微帶沁涼的風裡，不難感覺到秋的遲遲的腳步，即使是些許秋意，卻也夠撩人的。

守著老家的童年，對深秋的記憶銘心刻骨；棍打的西風摘著庭樹上戀枝的殘葉，那許多蝶舞的葉子，窸窣幽語著，彷彿在說著春和夏的故事，薄黯的燈火也染上了一街的蕭索，屋裡泛著陰寒。前額貼著窗玻璃，心裡旋轉著稚氣的夢，假如自己裹在迷離暮色中，踏著滾動的落葉朝回走，風會不會把人吹成一片葉子，直捲進天邊的寒雲裡去呢？真的，在那種時刻到屋外去，秋眞會把人心掏走。

比較起來，我倒喜歡秋後的苦寒季節了。

苦寒季來臨前，人們都在準備著，掃乾葉，劈柴火，修房舍，整畜棚，計算甕裡的餘糧。若想躲在屋子裡安守寒冬，糧和火是最緊要的。這兩者無虞匱乏，才談得上生活的意趣。

風訊來時，天氣總是陰晦的，天和地凝結成一種單調的顏色，接著，夾有細碎雪花的寒雨，便日夕不停的飄落了。俗諺說：雨夾雪，落一月，那和黃梅時節的連綿陰雨，性質極爲相近，祇是冷暖不同罷了！

遇上這種天候，感覺裡的黃昏來得極早，轉眼便夜幕深垂啦。隔窗窺望，街空了，也冷了，蓮浮的燈火稀落得可憐。垂下厚厚的窗擋和門帘，守著爐火的人們，彷彿連燈光也吝於施捨了。再聽不見風捲乾葉的窸窣，祇有淅淅瀝瀝的簷滴凝在耳上，這使人憐秋的心反而安定下來。屋外的淒寒和室中的爐火比映，越發顯出家宅的溫暖。

一年的寒夜，父親教我習誦刻在椅背上的詩章，至今仍不曾忘卻：寒夜客來茶當酒，竹爐湯沸火初紅，更難忘圍爐話夜的意趣。不過，寒雨連綿的夜晚，家宅裡絕少訪客，偶有穿著木屐鞋、拎著油紙燈籠的路人，在犬吠聲中走過，便會猜想到那人一定有急著要辦的事，要不然，誰願穿風冒雨的在屋外流連?!

街口的長廊下面，倒圍聚著幾個賣吃食的擔子，沸水升起的白霧、搖曳的方燈，各種夜食的香味，和爐火一樣的誘惑著人。那些叫賣者，成爲荒冷的寒夜的點綴，說來眞夠辛苦的，沒命的撐開沉重欲闔的眼皮，吞著風，飲著夜，在欲醒欲睡的朦朧裡數著敲打而過的更聲，自己忍著餓，卻把熱騰騰的熱食端給別人。儘管時間過得很久了，想來仍覺淒涼，更鼓譙樓的中國，夢意的淒寒，有些像深夜裡胡琴流咽的聲音；心是一口裝滿聲音的井，那樂聲如水，漲起來，漲起來，在井壁間鼓盪。

卅年後，坐在窗前守著微涼的夜，幽幽撿拾一些遺忘，不論它具有怎樣的意義，總想把它以寒夜爲線，一粒一粒的串連起來，這才恍然悟及，自身早化爲隨風逐舞的一片乾葉，滾落於萬里的他鄉，盆地陰溼，連窸窣低語也很難發出了。

在這裡度過很多個秋和冬，此間天氣不比北方，苦寒的意趣自然淡了許多，盆地的冬雨，倒是一樣連綿，淅瀝聲彷彿凝固在耳邊，滴成一串鬱懨的情思。姑說它就是一盞可飲可醉的鄉愁也罷，往昔實在很難描摹了。

歲月是一座座疊壘的山峯。

這裡冬季用不著爐火，圍爐的光景祇是對兒輩們講述的故事，當一個人本身的經歷被當成遼遠的故事，該是怎樣的滋味呢？你該從那種低沉的、徐緩的吐述中，看見略帶酸苦的笑容了！竹骨的油紙傘，桐油浸製的釘鞋，木版套印的年畫紙，搖轉的紡車，婦女們手裡的捻線鉈和老頭捏著的旱煙桿，爐火上的鐵絲絡子，絡上的花生、葵花子和山毛栗子，在感覺裡是一首詩。

攀過歲月的山峯，誰還能逆著時間走回往昔去呢？懷念總有些哀遲，即使日子眞能重回，經歷山河湖海的生命，怕也無閒學著去偎偎爐火、坐坐茶樓，或是蹺蹺二郎腿，帶幾分醺醉去說古談今了。

那就走一峯算一峯罷。走過此間春的溫寂，夏的酷熱，畢竟又到秋天了，我總習慣迎候著更寒冷的一些冬天，沒有爐火，守著一盞看來溫暖的檯燈也好。當寒冷的夜雨聲在窗外響得很繁密時，我會預感到這天夜晚不會聽到門鈴，不會接待一些不必要的訪客了。能把一個安靜的夜握在自己的手上，總是使人安心的，我可以定下來，計畫著做自己的事，讀幾頁書，或是用稿箋攤掠自己的靈魂。這一季的夜晚，我常是時間的富人。

在古老的北方，人們常把寒冬看成閒暇的季節，說是消閒，並非是無所事事，有許多易於在爐火邊做的事，他們常在輕鬆的談笑中做著，沒把它當成事情看，像選播豆種，編織日用的筐籮籃扁，捻線，紡紗，縫縫綴綴的針線活計，他們全把它當成消遣。如今，我正有這種感覺，寫作的工作是愉悅的，讓自己的靈魂在夜的透明中酣舞，有一種羽化登仙的飄然。你可以瞑目神遊，或思或悟，升爲涅槃，更可以反芻生活，展掠記憶，尋拾很多可貴的遺忘，使生命像刺繡般的精緻細密，百彩紛呈。

靜謐和孤獨，恆是作品的溫床，一位作家這樣寫著：「凡過冬天日子的，當有冬天的性格。你這不安靜的人，無論住在什麼地方，看一看窗外罷，看那樹枝和天空罷。」我相信，並且深深感覺著，我和寒夜是熟悉的，彷彿是老友般的，有著長久深摯的情誼。寒夜的寂寞是可讚的，山麓叢草間那些夏秋的歌者大多寂然了，偶爾聽見一隻夜鳥的啼聲，再就是細微繁密的雨聲，那都是不喧噪的，能使人安靜，給人靈思。

當初入夜的時刻，偶爾會有以茶當酒的友人撐著傘來訪，在柔黯的落地燈的燈光前坐著，用安靜柔和的語音，談論一首詩或一篇小品，我常覺得屬於性靈的談話，本身就具備詩一般的情韻，當對方起身告辭後，屋裡仍有無聲的音樂在迴盪著，但那需要用心靈去諦聽。

有時我也會撐起一把傘，走到風雨裡去，走過街廊，走過一些燈光，小街中段，也有些小小的吃食店，或是露天的飲食擔子，也有燈和熱霧，但我極少去照顧他們，我已經失去童年那種食慾了。

在市郊的這條街上生活了整整十年，我不認識誰，誰也不認識我，我祇是一個飄然的過客。我走過去，領略著傘外的雨的淒寒。從早秋就矚望著多雨的冬天，也許正是偏愛寒夜的緣故罷？即使淒寒也好，我能夠思想和感悟，尋覓生命的痕跡，難道還不夠豐盈麼？

——六十五年八月・台北市

夢痕

生命究竟是怎樣的呢？一位詩人形容它如同一粒微塵，自清晨的窗口飛進來，從黃昏的窗口飛出去；它飄過時空，卻不留一絲痕跡。又有一位詩人形容它是離弦的箭鏃，一面征服，一面失落。童年時，曾聽白髮老人講過一個故事，記憶異常深刻，說北方有一種黑熊，常愛到淺沼中捉魚，每捉到一條，就把牠壓在屁股下面，繼續去捉第二條，這樣自晨至暮，牠所捉著的魚，全都溜走了，祇有手裡握著的一條才是牠的。我們像黑熊一樣的捕捉日子，多少個希望裡的明天，轉眼便化爲消逝的昨日，無怪乎李白在詩裡發出「高堂明鏡悲白髮，朝如青絲暮成雪」的感嘆了，但日子儘管在春秋輪轉中不斷的逝去，而經歷、記憶和印象仍然存在著，彰顯了我們的存活，無論它是痛苦、歡樂或是悲愁，那總是自己生命的痕跡，它會使人沉思，使人參悟，給人以溫暖、啓知，或是慰藉。

有些人匆忙的活著，爲名利逐鹿，有些人刻板的活著，所有的日子像機械般的律動，不但乏善可陳，甚且連記憶都懶得收藏了！……果眞是前塵如夢並不要緊，即使是夢，也該有個痕跡，如在人的感覺上，眞的是「事如春夢了無痕」，那該是刻骨的悲哀了罷？

記憶是生命的背景，層層疊疊的影立著，一如掛在人心頭的墨畫，有些眞切貼近，有些久遠朦朧，有些蒙上歲月的塵霧，已經一片煙黃，但夜深檢視，總還能依稀描摹一絲夢色的影廓來罷？童年如幽深的古井了，但我深愛著那些沉黑和久遠的；星零也罷，片段也罷，就是那些七巧板般的記憶，拼成生命樹上向各方伸展的枝枒。

你是否還記得童年的趣事？你的無邪？你的天眞？你曾否用金色的夢想，去塗染你將攀過的歲月？一個再平凡的人，一生中總有一些值得回憶值得咀嚼的，它蘊藏在你的記憶、經歷和印象當中，它是一闋無聲無字的歌吟，溫溫穆穆的一片流水，濯著你的靈魂。也許它祇是可感的，文字難描，言語難宣，而你自己可以感覺得到。

傳說巫者會施一種「畫夢術」，能重現人的夢境，無論是回溯或是摹想，但聽來總覺神奇，離眞實生活太遠，使人無法企望了！那麼，生命裡的夢痕，祇有靠一枝拙筆，撲蝶般的捕捉和描摹了！

夜是透明的舞池，面對著一盞笠燈，靈魂酣舞如蝶，如何去捕捉那些輕靈的，不堪驚觸的夢境呢？莊周捉過莊周，你怕很難捕回你自己了！筆重了，怕會傷及夢的靈翼，筆輕了，它又會在字裡行間悄然遠翔，也許我們能捉到的，早已變了形，像一幅幅筆觸稚拙的兒童畫罷。而那仍值得人珍惜的，它畢竟包含著一個人的自己。公侯將相和鄉角老土又如何呢？各人都擁有過他們的日子，積蓄過記憶的財富，讓我們守著夜和燈，擊開精神的撲滿來罷，記憶愈多，愈該是精神上的富人。

不妨追索得久遠一點，描出些斑斕夢影，一如描出一片墨色的枝柎，那要比豐繁無緒的全景更見深沉了。我的生命彷彿就是那些千重萬疊的墨色圖景構成的，其中有承平、有戰亂，有悲歡離合的記憶，苔粒般的黏附在人的心壁上，深夜不寐，靜靜去撫觸它，不論是事件、人物，或是一株草木，都飽含著人情，想著它們，便像背起手緩緩踱步，去欣賞一些畫幅，也許能從那些煙塵般的往昔之中，多一番人生的憬悟罷？

兒時習唱黃自的曲子，對「花非花，霧非霧，夜半來，天明去，來如春夢不多時，去似朝雲無覓處」的歌詞，記得很熟，很難體悟詞意的精微，但臨到哀樂中年的時刻，回首前塵，夢痕如縷，便覺詞中比喻，實在幽深妙絕，完全與本身感覺吻合了。

困居盆地，車喧擾耳，總無法幻想其為飛瀑流泉罷？何況我非隱者，既缺乏隱士們的那種高遠境界，又缺乏隱士們那種恬淡的胸襟，終日庸庸，祇怕連記憶都難留下了！陰溼的寒冬季，許多人深以為苦，而我卻覺減少了事務的繁冗，深夜憑窗獨坐，挑燈聽雨，在一片虛與靜中，用心靈去瀏覽過往的情境。

感覺很容易，若想用筆把它們的影廓描繪出來，那真太難了，那些變幻的光景，在記憶中恆作無定的浮流，即使勉強握住一些影子，繪來也都呆滯變形了。不過，能以塗鴉之筆，學著描摹也好。倦眼裡的燈花，略顯荒落的庭園，凹形的門斗，啣環的銅獸，損缺的殘碑，碧玉盤一般的春日草野，鵝黃的柳線，……逐漸的升化爲星，遙遠，但仍明亮，它們能燭照著我的前程。收入記憶的，不光是童年眼中的光景，我在浪途上曾結識過太多陌生的事物，也許是一匹倒臥血泊的傷馬，也許是一莖寂寞的盆紅，一場風雨，一些懷念，甚至某一塊某一個很特殊的夜，某一個極卑微的人物。

我是一面斑剝的古牆，
身披著一身雨跡和風痕，
夢痕也就那樣，
綜錯而斑斕，
你在黝黯裡檢視麼？
你可曾聽著一路走過的，古老中國的更聲？

也不知怎麼的，溯憶往昔，我就自感彳亍在一片欲暮的大森林，藤莽交纏，腐葉厚積，葉影迷離，我不善丹青，究竟該如何描繪那些夢景呢？先蘸些灰褐，塗成歲月的久遠罷，再蘸些玄紫，染成一份詩情，塗來總是深暗的色調，在感覺裡有些悒鬱，也有些惆悵，這是眞心的，——誰能挽住你生命裡流失的時光呢？

夢的顏色，原就那樣深濃。如果實在辨不清朦朧的影廓，那就訴諸意想罷！水墨雲煙，實在變化無窮的，我不寐的感覺是一枝畫筆，蘸著滿窗如墨的夜，暈染在稿箋上，畫著畫著，連自己彷彿也迷失其中了！

在聽不著更聲的地方，我呼喚生命，像呼喚透窗初窺的陽光。說是「浮生如夢」的智者，你的夢痕是些什麼呢？如果我的問詢能直透幽冥，也許我便不會苦苦沉思這些了。

一個人的形體生命，短促微茫，且極易辨識，但當你閉目神遊或展卷閱讀時，天便寬了，地便闊了，讀唐在唐，思漢在漢的人，夢如蝶舞，你又在何處？或許如多幻想的孩童，夜來當空仰視，欲攀上天梯，搞一握星斗來倚枕把玩罷？

而我卻倦意深深，祇想將我的夢塗成一幅幅暈朦的水墨煙雲，無須仔細去辨識，去體認它所具的意義了，亙古的長風，會把一代代的人們都當成乾葉吹走的，你能說些低沉的窸窣不是詩章？

而每一片乾葉都曾經綠過，都曾擁有過一季春天，你還能企求什麼呢？下一季春的綠火，是由下一季的葉子們去點燃的。

——六十五年九月・台北市

畫夜

先點起一盞帶罩的煤燈來，微帶橘黃色的燈光非常溫暖，這種煤燈在戰前是民間常點的，一般都用玻璃燒製成的燈座，也有些考究的人家，用純銀燒製成的燈座，燈腹上鏤刻著細緻的花紋。燈罩的質地和型式沒有什麼區分，但罩端所覆的燈笠就花式繁多了，有細瓷燒製的，有紙製的，笠上有著不同的花朵山水之類的畫，燈光透射，使那些畫幅的影子印落在牆壁上，產生出一種奇幻的光景。

若說北方的夜晚黯而柔，也許就被這種燈色染成的罷！臨街的商店裡，老帳房戴著玳瑁邊的老花眼鏡，滴滴答答的撥著算盤，有閒的老人們端著水煙袋，呼嚕呼嚕的抽著煙，一面不著邊際的談說些什麼，燈光從那些屋子裡，流到街上來，遠看像一朵朵黃色的睡蓮花，在黑裡開放著，神祕而誘人。

那種古老年月裡的夜，影影綽綽的隨著燄舌搖曳著，使人很自然的產生一種深邃的感覺，彷彿從夜的黑門走過去，能走到很遙很遠的地方去。在那種多幻想的年紀，把山想成天邊的雲彩，把海想成風濤波湧的黑夜，無數精靈古怪的事物，都化成衆多怪異的形象，在燈光圓束之外喧吸著，那彷彿是一條波濤洶湧的河流，把燈下聽來的傳說，書場上聽來的故事，全都綰合起來流下去，流到王小二所探的地穴裡，流到孟姜女哭倒的長城缺口，流到水下的龍宮。幻想是一艘有翅膀的船，在黑夜裡飛著。

幼小的靈魂總是飢渴的，伸著頭，眨著眼，隨著好奇的漩渦打轉，無論別人說些什麼，都貪婪的啜飲著，說江無底、海無邊的異地，鰲魚浮在波濤上像一座小山。說有一種拐騙幼童的老拐子和麥黃溜子，拐了孩子去釣海蚌，也有賣給馬戲班子做罏童的。說某年某歲鬧大荒，集市上沙風迷眼，許多人爲了活命，插草爲標出賣妻室兒女的，彷彿天外的世界充滿不幸和孤寒，和眼前的燈色比映起來，越發使人覺得家宅的溫馨了。

守著家宅守著夜，守著一盞油液般亮黃的燈火，日子便像蜜汁似的甜又黏了。學著打手影兒罷，這是狗，那是兔，這是老虎，那是鋤田的農夫。手影兒在牆壁上晃動著，眞像是動物和人，還帶著些誇張的趣味。

姑姨們在說笑之餘，總不願丟開她們手上的針線，多繡一朵花或幾片葉子，才算不白耗一個夜晚的光陰，她們的手藝很熟，能一面閒閒的刺著繡著，一面教人唱童歌，或是講述故事，許多孩童們都是在那種哺餵中成長起來的罷？……教育孩童，正像她們手上的刺繡一樣，細緻、綿密，把人性和愛，織進下一代的生命裡去。無數那樣的夜綰合成一首歌，像在風中搖曳的鐵馬，響出一串串細碎的叮噹！

夜的容顏總是隨著季節和環境變化的，離開家宅，夜的光景又自不同了，如果在星月交輝的夏季趕夜路，涼風吹得人精神爽爽的，一路亮堂堂的和白天差不多，路邊的樹木，桃是桃、柳是柳，一眼就分辨得很清楚，因此，人們為了貪圖涼爽，躲避炎陽，總喜歡成羣結陣的趕夜路；尤其是走長途的行商客旅，牲口的頸鈴聲和雞公車的軸鬧聲響成一片，紅紅的煙火和響亮的說笑，經常在人半醒半睡中傳來。如果逢著寒冬臘月裡，月黑風高，遍地冰封，離家趕夜路就是一宗使人愁眉苦臉的事了，風像怪獸般的潑吼，天和地一片呼嗚，兩眼墨黑，伸手不見五指，祇有燃亮燈籠和葵火棒子，才勉強照得清路影，除非是身強膽壯的漢子，一般人沒有作伴，即使有燈籠照路也不敢夜行，在四面八方圍來的黑裡，很難不使人想到那許多可怖的傳說，像鬼打牆啊！碩大無朋的魘物啊！黑漆漆的鬼爪子凌空伸過來捏熄燈籠裡的燭燄啊！山魈木怪啊！彷彿那種夜晚該屬於陰森的非人的世界的。

但無論天有多寒，風有多猛，夜有多黑，人們仍然在夜的胸懷裡奔走跋涉著，趕路人的燈籠，遠看像一朵朵橙黃的花，閃搖出細碎的光刺，敲更的梆聲沖破凝凍的大氣，撻著時辰，一更天又一更天，最深最黑的夜，人總是能穿得過去的。

在戰亂的日子裡，夜的容顏也淒苦慘愁起來，鄉野上的人家，多半使用粗陶的燈具，燈盞裡貯著菜油，浸著燈芯草，平常的夜晚，爲了節省燈油，祇燃一莖燈草，半明半滅的暈黃，像欲睜欲閉的睡眼；甚至連這點燈光，也不敢讓它透窗射出，怕它惹來麻煩。

宅裡的人全像田鼠般的豎起耳朵，聽著夜的原野上的動靜，風裡嗚咽的角聲，沖上天的狗吠，或是馬蹄的潑響，都會嚇得人趕緊把燈吹熄，使夜的黑臉緊壓在人忐忑的胸膛上。有時候，偶爾聽到胡琴低啞的飲泣，伴著那種琴聲哼出曲調，總充滿淒遲嘆詠的味道。不過，存活的人們能夠忍受這些，照樣砍劈柴火，掃積落葉，偎在火邊和夜共守著。灶間的紅火閃跳著，幾碗粗糙的熱茶飯仍誘使人暫時舒展眉頭，在彌天漫地的淒苦裡尋找一絲自我的寬慰，儘管希望的光像燈燄般的微黯，但它總在亮著。……有家有宅的人，比較起來還算是幸福的。

有一天，把家宅扔在身後的雲裡，許多亮著燈的夜晚的情景，便升爲照在眉際的星暈了，這時刻，夜的胸膛是遼闊的，夜的圖景是沉黯的，用張開的肺葉呼吸風沙，灼亮的燈便在人心底亮著。

用不著誰來講說夜的故事，人心和夜的原野同樣廣大，一串燈火一直亮到記憶的盡頭去，甚至和歷史上的太平年景綰結起來，變成一眼望不盡的輝煌，人值得爲它活著，更值得爲它死去，這就該是它全部的意義了！人有權保有他們意想的生活，覓同那些曾經保有並已失落的情境，在戰亂歲月裡，生命的選擇方式往往劇烈而單純——活著，或寧願死去。

抱著冰冷的槍枝，背靠著牆，坐在寒風流咽的瓦廊下，望著夜色，也許在明天、後天，或是一個即將來到的時刻，一張臉就將被塵沙覆蓋，變爲泥土，但洗心的夜色，異地的單寒，會使人眞正的醒著，醒在他們各自的夢的圖景裡，在那一刹，生命便有了它的莊嚴。

用那些夜的情境，網結成微白的鬢絲，我能秤得出生命的重量來，我常從眼前的夜晚望進往昔的夜裡去，無數的夜，各有各的不同姿影，變成記憶的森林，各種燈色輝亮著，彷彿那是繽紛而透明的迷宮，究竟該如何去描畫呢？祇怕再聰明也變爲愚拙了。生命像是一尾魚，游過時空的無際的海洋，從望星就變爲星，望燈就變爲燈的年歲，便逐漸握起一把夢想。於今，記憶中的事物，恐怕在現實人間早已不存在了，但那份美是經過久遠的時日，更增添了它的光輝。

拎著一串夜像一串燈，穿過金迷紙醉的浮華，拂去霓虹追逐的光雨，我走著，走回用囊螢照光的年代，去尋覓燻紅老灶君面顏的油盞，找尋一種最基本最安適的人的生活方式，那不屬於某些人，而屬於民族的整體，企望在那和樂安詳、無恐無驚的世界裡，再聽不著犬的驚吠和流落的哀歌，這樣的走著，便不再恐懼、不再孤單了。

——六十六年一月・台北市

古老的故事

最好是夜晚，我們同坐在山間的木屋裡，四面都是高聳的森林。遠在我們來到這世界之前，在撥開寒雲也望不見的年代，這些樹便迎著風霜雨雪茁生了。人類的故事在它們聽來算得上是古老的麼？人的一生總是短暫的，李白的詩裡有過這樣的吟詠：「高堂明鏡悲白髮，朝如青絲暮成雪」，在唐代，夢也沒夢過三重明鏡，那時耀眼的銅盤，即使磨工再細，於今怕也斑剝如雲，再也照不見過逝的人臉了。古人的白髮，已化為秋風中的蘆荻，投人以一絲遠遠遙遙的想像罷了。對於人類而言，所謂古老的故事，也祇是短暫的古老罷？一些屬於記憶的開端和感覺深處的事物，凡蒙上塵埃和訴諸回想的，勉強說得上是古老的了；如果那些事物的本身在人的感覺上還不夠幽古，那麼，這木屋變黯的板壁上的年輪，會像當年磨銅鏡的鏡工一樣，把你遲鈍的感覺磨得敏銳起來，你像一隻從窗外飛來的草蟲，停落在板壁顯示的年輪間，緩緩爬動著，一年一年就那麼快法，當草蟲展翅飛進無邊的夜色中去，你和我也許都已成為古老故事的一部分，由別的人談論著了。

你或許有些很使人迷惘的經驗，比如面對著比你年齡大上若干倍的器物，像一張變成深褐色的雕花的木床，一枚生滿銅綠的前代鏽錢幣，一幢在型式和裝飾上都不同於今的屋宇，你會用感覺的觸鬚探進那段已經消逝的時間裡去追索和描摹，有時更會興起浮泡般的出奇的異想。若干古老的故事，都是根植在那裡，緩緩生長出來。

我們一面這樣說著，姑把它當作一個故事的楔子，然後緩緩的點起一枝蠟燭來，讓燭光照亮我們的眼眉，你看見木屋裡陳列著的那些古老的器物麼？變黯的銅質燭台，染著斑斑的蠟淚，有多少枝燭火，在窗前的風裡哭泣過？古式的雕花自鳴鐘，滴答滴答的趕著時間，它已經老得發出喘息的聲音來了。

平常我們聽取那些古老的故事，多半由鬚眉皆白的老者講述的，他們手捏著長長的煙桿，叭著、噴著，那些故事和他們的臉都裹在沉沉的煙霧裡面，看來彷彿很不真切似的。但任何老人，都曾年輕過，夢過，愛過，像燭火一般的點燃過，器物也是一樣，你如何能從一幅變成灰黃的畫幅裡，尋覓到當初它被繪成時的光澤呢？同樣的，我們花和夢的年齡，歡笑的青春，也會隨著波流的時光轉黯，變成另一些古老的故事，這樣說來，一切古老的事物都是自然的，絕無可嘲可蔑的成分，聰明的人，會嘲蔑到自己的頭上麼？

當然是不會的，你們眼裡亮著誠懇熾熱的光彩，會使我在述說時覺得安心些，我還不能算是老者，至少，在生命的感覺上，有荷負很重的況味了。有人說，常夢見明天的人，都是年輕的，近年來，我常常夢見過去，那該是老化的象徵，但我自認品嘗經驗，既寬慰又安然，若干古老事物帶給人的啓悟是豐盈的。

前幾年，多雨的冬夜，我從一份專談弈事的雜誌裡，讀過許多首屬於回憶的詩，據說作者是個弈人，但我毋寧稱他爲詩人，他寫的詩，意境高遠而蒼涼，這在現代人所寫的傳統詩裡，算是極有分量的作品，我沒有見過作者，更不知他眞實的名字，祇知他詩裡展現的寒冷的江岸，排空濁浪聲，煙迷迷的遠林，紅塗塗的落日，在酒店的茅舍中，愛弈的主人把棋盤當成鈷板，盤中不是棋子，而是片片魚鱗。俄而景象轉變，呈現出細柳依牆，蔓草叢生的院落，如煙的春雨落著如同飄著，一雙愛古玩字畫，更愛弈事的年輕的夫婦，曾將生活譜成詩章，轉眼間，柳枯花落，變爲歷歷的前塵，寒夜裡獨坐，聽北風搖窗，獨自拂拭，那況味豈非如澆愁的烈酒?!

一個落雨的春天，清明節前，我到墓場去祭掃一位逝去的友人的墓，看見一個滿頭斑白的老婦人，坐在她亡夫的墳前，身邊放著一隻籃子，籃裡放著沒織成的毛衣毛線、便當和水，她用一把家用的剪刀，細心的修剪墓頂的蔓草，我好奇的留下來，看她從早晨工作到傍晚，彷彿她不是在剪草，而是修剪她自己的記憶，……誰能把古老的事物眞的看得那麼遙遠呢？人在眞正的現實生活中，隨時都會遇著這一類隱藏著的、古老的故事。

另一個落雨的春暮，和一位深愛古老事物的女孩在大溪鎮上漫步，看那條古趣的街道，參差的前朝留下的房舍，她說起童年時就在那兒上小學，放學時走過這條街，會呆呆的看老木匠雕刻桌椅和油漆木器，時間使老木匠換成新的年輕的木匠，而他們雕刻的雲朵、龍鳳和人物的圖案，仍然是那樣，彷彿在生命與生命之間，有一條深深長長的河流相通著。

她撐著傘，帶我去看一些更古老的，一家圮頹的宗祠，雕花的梁柱落在蔓草裡，石碑上排列著一代代有顯赫官銜的列祖列宗的名字，也半躺在湮荒的庭園中濯著雨，而崖下的大漢溪仍然流著，和從前一樣的流著。她沒有說話去詮釋和肯定什麼，她的笑容展在無邊春雨中，染上一些些春暮的悲涼……。

更遠一些時日，有位朋友告訴我：郊區有個賣燒餅的老人，他的妻子早就過世了，留給他一個男孩子，他一個人除了起早睡晚忙生意，還得父兼母職帶領他的孩子，日子滾馳過去，似箭非箭，至少在困貧中生活的人，感覺並沒那麼快法，當那男孩留學異邦時，賣燒餅的父親的生命，已快在時間裡燃盡了。孩子去後，每年也都來一兩封信，告訴老父他成婚了、就業了、購車了、買屋了。……成家立業的風光都顯在一冊彩色相簿上，而賣燒餅的老人死時，緊緊的把那冊照他夢想繪成的相簿抱在懷裡，他的墓由誰去祭掃呢？

燭光搖曳著，我的聲音當眞有些蒼涼沙啞麼？說別人的事，實際上和自身的事有何差別呢？新鮮裡含著古老，同樣的，古老裡也亮著新鮮，就那樣參差羅列，相互映照著，人生各面，不都是透明的鏡子，能映出生命不同的容貌來麼？前人常慨乎懷古，寫出「折戟沉沙鐵未消，且將磨洗認前朝」的句子，那似乎太古遠也太重情了，若能隨手牽來，把今與古融合為一，也許使人更獲憬悟罷？

我夢過煮物架上的蓮子粥，在煤燈燄舌上吟唱，恍惚又聽到自己童年腳步踏在樓板上的聲音。

你們的第一首詩是怎樣寫成的呢？

——六十六年一月．台北市

舊夢

生活過得太瑣碎太匆忙了，現實人生事務，像絞肉機一般的把人心割裂成肉糊，明知有大部分的事毫無意義，全和性靈無關，但一樣牽腸掛肚，爲它煩惱著。都市生活有時是愚蠢的。我常自覺在繁忙的白天，人變成一個行動匆忙的空殼，根本缺乏靜靜的思維，更談不上高度的靈性了。現在社會的無形網絡，使無數人變成一盤排妥的鉛字字盤，無論印刷千張萬張，都是相同的形式。

正爲急於擺脫這種使人困惑的感覺，我每夜獨坐燈前的時間，經常超過六小時。夜讀和寫作當然有助於性靈展放，不過，即使不做什麼，靜靜的在燈衣圈成的光束裡，運一運思維，或是溫一溫情感，更會產生覺得自我的欣慰；我的一些舊夢，多半是這樣重新撿獲的。

睡眠時所做的夢，常常幽黯朦朧，非常零亂。有時和現實人生覓不著明確的關聯；但睜著眼走入的夢境，應屬於記憶和印象的綜合，或是對未來的摹想，它是生存原境中的一些經歷，或是由往昔經歷喚發出的想像。我所謂的舊夢，多半屬於前者。

一個最常進入的夢，彩畫般的攤陳在夜的背景裡，加上黑的底色後，它便顯得很古老了，一道由榆柳和山茶夾峙的村頭沙路開展著，那些枝柯參差交疊著，使沙路上空變成葉影婆娑的碧色圓洞，走完這段沙路，就是平整廣闊的打麥場，場角開著鮮豔的木楷花。一座露天的石輾，立在那裡，輾那邊是一座汪塘，水面上浮著雞頭和菱葉。打麥場背後的高屋基上，是整潔的四合屋，茅頂、沙牆、磚包角的門戶，屋的一端是柴房和畜棚，另一端安置著石臼，那是臼糧用的農具。

圖景很平凡，北方農戶的宅子，大都是這樣，祇不過屋宇的新舊高低略有區別，使人能憑感覺，推斷出這家人是富裕或是貧寒。我們鄉下田莊的宅院，該算是普通的。抗戰初起時，避亂下鄉，我在那宅院裡生活過一段日子，過過夏和秋，採過菱角，戽過魚，黏過蟬，和許多赤足的小遊侶，玩過各種村野的遊戲，像扔鐮刀賭所割的畜草，打梭，或用木棒揮擊樹杪上的枯枝當成柴火。後來我離開那裡，鄉人們正在切割紅薯晒薯乾。我走時，母親送我到五里外的橋頭。一羣橫空的雁陣朝南飛著。我沒有哭。因我從沒想到離此一步，便成為永別。

另一幅畫的背景，在河岸邊一處鎮集上，流浪的人麕集著，所有的客棧都擠滿了人。我找不到一處屋頂，祇能在河岸的月光中野宿。燠熱的夏季，近水處蚊蚋亂舞，嗚聲成雷。我遇著一位圓臉跛足的女孩，在浪途上見過面，彼此招呼過。為了防蚊，我們打開僅有的一床單被，互擁著共宿，她的低泣和我的憂惶融在一起，思無邪的緊擁著，彼此都願用心的熱力溫暖對方，那是愛戀，是時代的孤寒中一夕之緣，第二天的風吹起，我們便成為隨風逐舞的葉子，彼此連姓名都未曾通過。後來我想念過那個不知姓名的跛足女孩，祝禱她仍能通過重重的劫難，在人世間活著。這像一片飛舞的葉子在半空中碰擊著另一片葉子。一夕之緣中含蘊著一個時代的影廓，也算是一個年輕生命成長的過程罷？我總覺它的意義遠超過一把傘下醉夢般的愛情，她的影子，在船隻的風帆上，尾舵的浪花中浮現過不是愛情的邂逅，一樣如歌。

在一座密林邊的野地燃火驅寒，和一些擁槍的夥伴們共守長夜。激戰後的陣地很零亂，炮火掀成的坑洞參差展佈在周圍。我們找到六首屍體和一匹死馬，用圓鍬挖坑把他們掩埋在一起，沒有拱起的土堆，沒有記述的碑石，更沒一個留下他們的名字。一個黧黑矮壯的不超過卅歲，右胸留有不見血的彈孔。另一個身材瘦削，炸裂的頭顱低垂著，鋼盔翻垂在胸前，凝滿半盔濃黏的血液。我們舉著燃亮的柴薪，環列在坑洞邊，唱一首軍歌為他們致敬。如今這些落花般的無名者，早化為中國的泥土。他們曾經活過，吶喊過，用硝煙洗亮他們的臉。他們的遺言不是什麼言語，卻是每年每年吹拂的春風。你會從一握春風裡，一撮泥土中，想到這些畫境麼？

我常坐在燈前默默守候著，感覺裡的夜很透明，許多舊夢，翔翔蝶舞著，也許祇是一種星零的印象，一幅朦朧的圖景，沒等人仔細辨識，它已經一閃而過了。這些黏附在心的井壁上的舊夢，古色斑斕一如苔跡，當你忙碌時，它便隱匿得近於遺忘，當你夜深獨坐時，它便像蠟染般逐漸暈染成一種種不同的形象來，它沒有明顯的遠近距離，更沒有時空的秩序，這幅圖景和那種印象，彼此也覓不出有何關聯的意義，也許這種參差紛陳的影像，就是生命穿過時空所留下的痕跡罷？

過了啣泥築巢的年歲，有了較為安定的生活環境，日子反而空淡起來，川流如鯽的車陣，重濁如霧的煙塵，羅列的高樓咧開嘩笑的窗齒，無數湧盪來去的人羣，成一種浮面的、冷漠的風景，這些過眼的雲煙，已很難印入心底，藏於記憶了。能撿獲一些舊夢，反而備覺新鮮。仔細想來，當年本身深入生活，心靈融契其中，於今對事物缺乏探究，陷入煩冗又厭於煩冗，才會覺得日子空淡罷！

有一年冬季，冒著一野的冰雪，坐著牛車到外婆家去，朔風絞割著人臉，厚厚的棉衣仍擋不住風寒，車上墊著麥草，人用棉被圍著，祇露出一雙眼，看著如絮的雪花。拉車的老黃牛，費力的吁喘著，一步步朝前掙扎，牛蹄踩在初結的冰殼上，冰殼破裂，牛蹄便深陷下去，那些鋒銳的碎冰，便割著牛的蹄脛，當時看在眼中，彷彿是割在自己心上一樣。

過後在戰亂中生活，生活環境也冰寒如刃，方悟及生存原是一種艱苦的掙扎。如今人到中年，拖著一羣兒女，自身已變成當初曾憐憫過的冰雪中拉車前行的老牛了，說來是舊夢，卻處處見新痕，什麼是往昔和遙遠的呢?!

北方有一種被民間喜愛的木本花，叫做迎春花，那在臘梅初謝後，迎春開放的花，花朵繁密，簇簇淺金黃色的花球，在料峭的寒風裡，散發出一片清芬；看在眼裡，確有迎春的喜氣洋溢著。有一首民歌，也在開始時就唱出「迎春花開黃金黃」的句子，歌聲充滿喜悅和頌讚的意韻。一年初春，我經過一處激戰後的戰場，那是無人的集鎮，大半房舍毀於炮火，到處是斷瓦殘垣，但在瓦礫當中，探出一株迎春花，仍然開得一片燦爛金黃。和滿目瘡痍的景象比映，見喜悅於無盡的淒涼，它使我體悟到，人不管生存在多麼苦難的時代，而他們內心所懷的生存願望，仍然是無比熾熱的，就像那株迎春花一樣。

鎖連這些舊夢，成一領精神的衣裳罷！我能甘心被都市生活的迷霧掩埋，使日子變成一片空白麼？年輕的熱望和理想，都應該變成金黃色的花朵，搖曳在寒風中迎春了！

——六十六年十一月・台北市

寄遠

記得有一年，散步途中遇雨，暫時避雨在一個農家，見到牆壁上張貼著一張粗糙的木刻版畫，兩邊寫著「舉世盡從忙中老，來生祇在眼前修」的字樣，仔細品味，久久不能忘卻。

這些年來，我困居在人囂車喧的城市裡，生活已成爲刻板的型式，它是安定的、止水式的，不可能再有什麼樣的改變了；這和大多數的都市人的生活一樣，忙碌如蟻，難得有寫一封長信的餘閒。如果一個人能執持著，過主動的日子，或能按預定的計畫，做一些有系統、有意義的事，忙碌並不是一宗壞事，但我經常陷身在煩冗的人際事務上，婚喪喜慶，無味的應酬，幾乎佔完白天所有的時間，我是洶湧著的人潮裡的浪花水沫，常有迷失的感覺。

淺窄的盆地如果是一隻胃囊，直線上升的人口已足夠把它撐炸，但它仍像蟒蛇般的吞噬著，飛機、火車、遊覽巴士、貨櫃車和各型貨卡，每天把無數人羣、建材、商品和米糧牲畜載運到這裡來，車輛喧囂如怪獸，人羣是泛濫的洪水，按理說，兩百萬人口的都市並不算挺大的都市，由於幅度狹隘，使人在感覺上極端缺少生活空間。

能一味怨責文明麼？似乎它是無可怨責的，它形成一面交叉縱橫的網絡，把人們盡都網在其中，並各自具有他們一定的位格和分量，現代人社會屬性的增強，似乎是極自然的趨勢，相對的，羣性愈增強，個性愈減弱，有幾個人眞能擺脫俗務的糾纏，主動追求性靈生活呢？

被物質享受養嬌了的人，便自作枷鎖，背上沉重的經濟軛架，長期貸款，分期付款，都像蝸牛的甲殼，使購車的背著車，買屋的背著屋，不得不用兼職、加班等等的方式勞苦自己，在汗酸滿溢的夏日公車上，我見過太多張討生活的人臉，見過他們矜誇之後的憂愁，那該是些羅列的鏡子，在其中，同樣能映出我的影子來。

你說，我能不懷念徜徉在郷野的那段歲月麼？我們遊覽動物園，總覺園中檻裡的禽和獸，活得侷促堪憐，如今，我算是自行入檻了，過天橋也要排隊，看花燈擠掉鞋子，市郊所有的風景區，人都多得像叮在糖紙上的螞蟻，情趣二字，在現實生活中幾乎已被人遺忘了。

近年來，旅遊業生意鼎盛，並非無因，但擠滿一車互不相識的遊客，一站站走馬觀花，解散集合，山邊水涯，攝影留念，聊表登臨之意，既匆忙又疲倦，結果人還人，風景自歸風景，花朝月夕沒能領略，風雨晴晦的變化，當然也無法品嘗，這般的旅遊，似還不及擁枕高臥悠閒安逸呢。

前讀詩人周夢蝶兄〈落英後遊陽明山〉一詩，深感其境界高遠，我也曾嘗試過在寒冬季夜宿金山，沒有營帳，沒有人聲和飄騰的營火，也不見偎聚海濱的弄潮人，連路燈全熄滅了，一丸冷月掛在松梢上，風激起的林嘯和不遠處拍岸的濤聲呼應著，整個夜晚化爲美的融液，把人浸化其中。另一個山雨欲來的黃昏，我獨遊烏來，租一把油紙傘，坐在林邊的青石上，諦聽雨點在傘面上說話，放眼不見人蹤，祇有滿山浴雨的林木，濯出一片洗亮人心的葱蘢，想從平俗的印象中去發現一處地方的美，有時確是需要些神經質的性格的。

三月裡，我們夫婦和女詩人蓉子到東部旅行演講，在台東回程時，忽生異想，決定冒惡劣的天氣，翻越南橫貫公路，再行北返，到關山乘公路局駛往天池的班車，一路上雲霧低迷，穿過一層雲又一層雲，到達海拔二千公尺的向陽，雲海如絮，盡伏眼底，層疊高峯，在陽光裡壁立著，雄壯奇偉，綠樹中偶現一樹紅梅，那種燦然奇豔的光景，一個都市生活者，一生眞難見過幾回，在天池山頂上，一位不相識的老人，贈我一盆寒蘭，我將其命名爲「天池蘭」，如今長得還算茂盛，我想，明歲花開，花香仍將薰染著我的記憶罷。

這些短暫的遊旅，留下一些特殊的印象，使我常常反芻著，以慰我精神的飢渴，但那仍然是不夠的，我祇能依靠閱讀遠方的書信和顯示精神原野的篇章了。

梭羅的《湖濱散記》，吉辛的《四季隨筆》，都是我愛讀的，前年訪美，經波士頓小作勾留，我特別到康考特那個山原中的小鎭去，親自看看當年梭羅手建的湖濱木屋，並且坐在屋前的平台上，面對著華爾騰的一湖碧波，靜默的度過一個黃昏，自覺並非單純的觀看風景，而是透過眼前的光景，進入一個擁有自然的心靈。

直至如今，我並不倦於寫作，儘管藝術和生活密彌，使我夜夜筆耕無息，清苦雖極清苦，但精神的空間總比經常坐在電視機前要遼闊得多了。

舉世盡從忙中老，確然如此，一別鄉野，轉眼十有餘年，我的額髮已漸如秋林蕭索，但願有一天，我仍能回到鄉野去，重晤一溪無盡滾延著的漂石，十多年流水的沖刷，祇怕那些漂石也消瘦了罷？山村裡的那株老桂樹，不知又長高幾許了？

還記得村前的沙路，路面浮沙沒脛，風季來時，沙霧迷離，人走在路上，像跋涉流沙河一樣，我多想赤著足，去親一親那些泥土啊！開黃花的相思林，葉影細碎朦朧的黃昏，我常穿過那片林地，散步到山原青綠中去，自然永遠是那麼親和，我真的懷念著那種鄉野平凡的風景，像懷念闊別的故人！

早歲居住過的島國南部鄉村，我描出它清晰的影廓來，高高的仙人掌的圍籬，爬遍山坡的野波羅、含羞草和雞母珠，隨處可見的多鬚老榕、尤加利、木麻黃、開花如霞的鳳凰木和木棉，構成南國特有的風貌，也燃引過我鬱鬱的鄉愁，……在當時，北國故園的影子，仍依稀可見。歲月波流，廿多年過去了，故園的輪廓愈來愈沉黯，用靜夜擦拭心靈，也覺影廓朦朧，祇留下一片抽象的意念，緩緩搖曳著，恍居似有還無之間，即使如此，它仍是我生命的根柢。

但願我能借用拙筆，極力描摹，像紡織娘在迷離夜色中，紡出一片月光。

現在是夜晚，窗外落著輕靈的絲雨，燈色昏黃，耳畔充滿掩不住的草蟲的吟聲，也不知怎的，想著遠方，便眞覺無邊絲雨細如愁了，就讓我以一箋遠寄罷：願平安永屬我所思念的人們。

——六十五年十月·台北市

浮生

隨著年齡的增長，一個人會不自覺的被編排到社會的網絡裡去，案頭的記事簿不但分割出日子，甚至連時辰都劃分得清清楚楚，幾點鐘，你要服裝整齊的去參加某項頂重要但卻極端無聊的會議；幾點鐘，你要掛上同情和悲戚的臉譜參與一位逝者唁悼；也許在下一個時刻，你換裝參加一場喜宴，滿面漾著春風。說這樣零售生命是怎樣的荒唐麼？彷彿並不是特殊的理由，人總是要適應環境的，我們馴服慣了，隨遇而安已成爲很輕鬆的藉口，日子太繁瑣太匆忙了，社會性的人際事務是一條鼻繩，它把我們成羣的牽入迷失之境。

不知爲什麼使我對一星半點純屬自己的時間格外珍惜起來，我常忍著困倦，坐對著一盞寒燈，把窗外的風聲繫在搖曳的簷鈴上，把淋淋的雨聲夾放在古舊的書頁裡，懷著一心虔敬，紀念著一個過逝的夜晚，我便聽見連風雨也掩不住的，時間無情的呼嘯。你也許會覺得這樣守著夜實在有些荒唐，因爲這祇是一個平常得倦於記憶的日子，但我寧願用自己的思維去裝飾任何一個極平常的日子，即使勉強的記憶它，也比空白要充實些，除此，我已別無選擇了！

生命當眞是衆多繁縟的世俗行爲的連鎖麼？且不必用行屍走肉那樣嚴重的字眼去驚嚇自己疲倦的靈魂了，照本宣科的言語，若干浮泛概念的釋放，重複的禮貌性的套語，究竟能爲生命帶來些什麼？我們是否已淪爲走馬燈上呈現的活動圖景？

經常在若干公共場合裡，聽到諸如此類的寒暄：

——近況如何？

老樣子，乏善可陳！

——別來還好麼？

依然故我，祇是白髮又添了幾根！

在混和著慨嘆的笑聲裡，總含有一絲無奈和一份悲涼，生命就是這麼一種潮水，潮來是青春的澎湃，潮去是破滅的沙沙！爲世俗的牽絆而活和爲打發日子而活，同樣是値得自憐的愚蠢罷？我們能否從繭殼般的意識中掙脫出來，使靈性展翅飛翔呢？一朶花的宇宙，一粒沙的世界，彷彿祇是幼兒們所能感受的了，我們早用理性爲籬，把生命圈囿其中，觀而不照的麻痺在一些現實事務或消閒逸樂裡，羣性化的生命排列成佈滿漂石的河床。

硬說石頭會生長，怕是新的成人童話了。

在亂離的風裡長大，也曾呑飲過太多新鮮的事物，生命像海綿般的膨脹起來，騰湧出無數夢幻的浮泡，拱托出人的理想；它使人感覺到，人不論生存在何種環境裡，他的生活汲取力愈強，感受力愈強，生活層面也必愈加深透寬廣，生命也必愈形展放，而這種情形並不一定和生理年齡有關，它取決於一個人的人生態度。有些人雖然年紀老了，但他們的心仍然年輕，有些人雖然年輕，卻被沉沉暮氣包裹著，顯得萎頓僵凝，正如聖經上所說的：自以為聰明反成爲愚拙。

倒是自承愚拙的人，還能準備一份容物的虛懷去充實自己，執持那麼一點兒初願，冀使生命在默默中完成，無論是一陣火花，一絲痕跡，總會引以爲慰的罷？日子梭織著，人人都曾意想將生命織成一匹錦緞，但從經歷裡品嘗自己的創建，得多少不輟的辛勤？

有些更透達的人不計較這些，他們恆常散步在精神的原野上，藉由美的領略，靈的感悟和情的奔放，在一剎間掌握永恆，讀唐在唐，讀漢在漢的人，能爲繼起生靈設想，以關愛貫穿千古的人，固然使人企慕景仰，詩人寫成一首詩，畫家繪成一幅畫，何嘗不是一種完成？……而那種使人仰望的境界，彷彿是很難企及的，正像夏夜皎皎的星羣，看來近得像貼在人的眼眉上，實際卻相距若干光年。我們無法脫出自設自陷的泥淖。它使人變成背負甲殼的蝸牛。如果人世間眞有一面神奇的鏡子，能映照出人的精神容貌來，那將會顯出無數扭歪的丑角型的臉譜，並且從笑裡擠出痛楚和悲哀來罷？

無論如何，醒著總是好的，它將提醒人究竟生活在怎樣一種境況當中？你是繼續沉迷呢？抑或是拔脫而起呢?!你能倚仗青春麼？快速得如閃電的日子是鋒利的雕刀，日夜鍥刻著你的面顏，正像李白詩裡所寫的：「君不見，高堂明鏡悲白髮，朝如青絲暮成雪。」不能掌握眼前流逝光陰的人，還侈談什麼求取永恆?!

我在寒冷的夜晚獨坐著，冷靜而平和的舒展思維，細數記憶的顆粒，感覺無比豐盈，這才體悟到性靈生活必須使心靈保有一份孤獨和閒靜。白晝的熱鬧和忙碌已經夠擾人了，看電視和築方城之類的消遣，祇是另一種鬆散麻痺的形式，同樣是浪擲時光罷了！不久前，讀宋僧顯萬的詩：「萬松嶺上一間屋，老僧半間雲半間，須臾雲去佈行雨，回頭卻慕老僧閒。」作為一個現代人，當然不會人人去作入定的老僧或閒雲一朵，但如何從機械般的忙碌中覓取一份精神上的閒靜，該是很重要的；把松石盆栽看成高山和古木，得要幾分神遊意合的修為罷？

幼時讀曾子：「吾日三省吾身」句，似懂非懂，近時微能領略，又忙碌到難得靜心體察的程度，驀然回首，飄浮如浪的半生已悠悠而去了，這時才覺得幽與閒是好的，要比懵懂忙碌終日營營強得多，人如果不時時作精神的反顧，祇是麻麻木木的穿透一串串的日子，生活豈不是成了浮泡夢影般的假象?!也許老之將至並不算怎樣，失去自己才算是真正的悲哀！

世宇悠悠，你在何處呢？是乏善可陳？抑或是依然故我？你曾否在夜深時諦聽時間呼嘯的聲音，像一陣緊似一陣的風濤？那就摘下這個平常的日子，像摘下一片殘葉，夾在書頁裡紀念著罷！至少在這一刻，我們是清醒著並且珍惜著它的。

——六十六年三月・台北市

印象

誰說存留在記憶裡的事物，時隔久遠，會變得黝黯朦朧，如一片斑斕的夢影呢？很多慣於選擇記憶的人，會把生命當成剪貼簿，將若干美好的事物保留下來，並常開啓心扉，賞玩那些動人的圖景，不管是過去的事或是遠別了的人，都仍將重回，依然是生命本體的一部分，那些實在是人的一生當中精神的花朵，它們會使人感覺到寬廣豐盈，獲得欣悅和慰安。

有一些並非事件，來龍去脈都不必去追尋了，但印象是深切而完整的，美得像一首詩，或是玲瓏飄逸的小品，寒夜燈前，反覆品味，即使微帶苦澀，略感悲淒，卻也飽含著另一種沁甜，生命的滋味，在感受中往往是多重的，這也許就是一種美罷？以記憶召喚往昔，所謂往事重回並不是眞的重回，有些惘然，卻無須廢然嘆息，那一切畢竟從生命裡走過，像生命走過時間一樣的自然。

在哪年的秋天？我立在生苔的階石上，品酒般的飲過秋，細細的蔓草枯在石縫間，幾片掌形的落葉黃亮亮的，隨風窸窣著，彷彿在低語一春一夏的光景，傍晚的霞雲靜靜疊疊成一幅淒豔的彩畫，遠處的笛聲在似有還無之間，一行雁從高空飛過，把嘹亮的啼聲滴落在我仰望的眼瞳裡，我站著，幾乎把自己站成一株落了葉的梧桐，融在秋色秋聲裡，成爲那一年的秋，誰說孩子不懂得秋天呢？理解和感覺全然不同，不必在風聲滿耳的小樓上習誦秋詞，第一串手紮的鐵馬一直叮噹到夢裡去，那些飛翔的雁鳥會落在何處呢？明早階石上是凝著冷露？還是鋪上一層細細的初霜？事隔卅年，重見那幅圖景在一個尋秋少女的黑瞳子裡，生命的井太深我又沒有汲繩去汲飲旁人的感受麼？早非那種年紀了。

轉換成另一個印象去尋秋，總是理解的多，感受的少，想來秋也如此，初來柔和，老時冷硬顫凝罷？那尋秋的少女站立在半衰的草叢邊，一排黃葉的樹木成爲她的背景，一泓秋水似的碧空又成爲黃葉樹的背景，她著一身黑底帶黃斑的豹紋衫裙，裙角被風掃得飄飄的，黃葉隨著斜拂的風勢斜斜的飄落過她的身前，化成一行不啼的雁鳥，她手掌中捧著一隻未曾飛過舞過的黃蝶，如今牠還活著，微微抖動牠業已僵硬的翅膀，她黑黑的瞳子泛著一股蜜意的愛憐，是憐蝶？抑是憐秋？祇有她自己知道。強作解人總是畫蛇添足的事，但那畢竟是一種喚醒，——你是否也對某些事物，投以蜜意的愛憐呢？那是一種能夠改變世界的精神姿態，慣於吶喊的人反而未必能懂。

其實吶喊也該算源於自然的，詩人的靈耳能聽得見花叫，豈不比鳥鳴更爲悅耳麼？春天的吶喊雖然聲勢驚人，但卻是靜默柔和的，草萌於一夕，花放於一朝，雨潤春濃，蛺蝶紛飛不管是動的或是靜的，到處都充滿了自然生命的吶喊。一年暮春，我坐在一個古老又荒廢的庭園裡，抗戰的烽火正盛，那座宅院幾被炮火夷平了，一角圮樓寂立著，懸空的雕花樓欄吱呀作響，到處都是碎瓦殘磚，而一庭的花木仍很蓊鬱，生機勃勃的自然是炮火難以征服的，有什麼力量能阻擋春天呢？我坐著祇是坐著，天氣很晴和，一架木香花千朵萬朵那麼樣的開放著，一鼻孔濃濃郁郁的香。陽光黃黃暖暖的，像流瀉的黃油或是新釀的蜜汁，蜂子們嗡嗡的唱著，戰地的春已預示出人心的嚮往，——和平安樂的日子才是永遠的。從風裡，我眞正聽過那種無聲的吶喊，那幅安靜的圖景，彷彿自成一個世界，高高地懸在雲上。

這也許就是我不願在筆端吶喊的來由罷？在生命的路上，我祇願撿拾美，從美裡感悟到均衡、和諧與盼望，把生命釋放成感覺的流體，人便寬廣平和起來，眞能到達無聲勝有聲的境界，豈不比聲嘶力竭的吶喊更能感染人麼？我的昔日這樣一幅幅的攤展著，展成一冊無聲無字的書，有詩的靈韻和音樂的弦索，在那些圖景之外飛翔著，春和秋，山與河，自然和人，全串成一組奇妙的九連環，一環套著一環，扣成一種生命的奧祕，握住它，便握住了生之過程，無庸去感嘆斗轉星移，馬齒徒增了。在哪兒見過那個臨風扶杖的老者的呢？他立在溪邊看蘆葦，蘆葦的白頭映著他的白髮。水流著。黑髮和白髮祇隔著朝夕。波浪搖著他意態蕭閒的影子；夕陽在遠處焚燒著暮雲。忽然有兩句曾經讀過的斷章，躍成一種吟誦：回首依稀憶當年，梨花院落雨如煙。……在別的生命背景裡，同樣尋得著一絲訊息，鏡子般的映出你生命的容顏。

而那不是風景，眼看的事物加上感受，便變得深沉了，去歲我到濱海的山區，訪問一座百年前曾經繁盛過的小鎮，一座依山建築的鎮市，由石級串連著，再沒有絲竹管弦和如浪的喧譁了，石級間爬滿陰黯的苔蘚，古舊破落的房舍，參差排列著，每一面剝落的牆壁，都像一張多皺的臉，一個老嫗在陰雨黃昏的黯淡光色裡，撐一把油紙傘，費力的攀著那些石級，山的頂部，是一座墳場，當年淘金買醉的人們，都在那裡安息了。我一路走上去，整個街巷死寂無聲，臨街的斜坡兩旁，每戶人家都培了許多盆景，也許是缺乏陽光的緣故罷？那些植物都長得細弱萎頓，有些還開著怯生生的花朵。

我繼續朝山上走，偶然見到一兩個老人，孩子、老貓和狗，都悶沉沉的沒有聲息，植物們從廢棄的浴盆、提桶、鐵罐、破罈裡伸出頭來，瞪視著我這陌生的訪客，雨絲淋得人一心淒冷。我黑夜搭車離去時，憑窗回望，山和海上都起了薄霧，小鎮亮起稀落的燈火，青朦朦的裹著霧暈，把百年前的光景都包藏在裡面。

如果人活著，祇爲眼前想，那就不必用感覺去穿透過往了，百年後，我們留下的，會斑斕成一面會道出滄桑的古壁麼？抑或是事如春夢，了無痕跡呢？能刻進人心裡去的，就不再是浮面的風景了。你能道出哪一個春秋是同樣的春秋？

心門開啓後，也彷彿現出一道由石級疊成的路徑來，星零的印象排列著，一莖柳線，一片落英，一個揮別的姿影，都會牽引你去默想，你可以不用言詮，但總能感覺出一些意義來，那就是每個人生命的根鬚，縱錯盤曲在時空裡，和你一起呼吸，可嘆的是飽食終日，走進自己心裡去的人越來越少了。

——六十六年十二月・台北市

暮

誰不曾受暮色感染呢？

每個繫不住的日子，都從晚霞疊成的彩門裡飛逝了；而那扇開在天壁上的門戶，會在刹間幻化成千重萬重；有的通往記憶的昨日，有的通向嚮往的明天。它以你的心靈爲畫布，磁漆般的層層塗染著，染成如夢的情境。

許是緣於每個人的年齡、秉性、環境和際遇不同，各人對暮色的感受，也有著極大的差異罷？有些人從無邊暮色想到家宅，想到薄暗中亮起的燈火；有些人捕捉日暮時那份淒豔的迷離，以沉黯的情懷握別一個流逝的日子；有些人將向晚的光景和人生暮年比映，蘊一份悒悒的思緒。而我是隻無歸的鳥，從北地飛向南方，不知多少暮色，塗成我羽毛的顏色，想忘卻也難忘卻了。

在談不上理解的年歲，我便被暮景迷住了，既非喜悅，也不是哀愁，祇是一種微帶驚愕的沉迷；是誰用一枝彩筆，在天壁上作畫呢？夕陽的火燒著霞雲，一筆一行鳥，一筆一朵雲，而鳥在飛著，雲在流著，一切光景都在變幻，成爲一幅活動的圖景，每天總有日暮，但哪一個日暮的光景是相同的呢？春天的薄暮，溫溫悒悒的，帶著些嫵媚的溼潤，雲霞經溼氣的浸染，泛出胭脂般的顏色，一如女孩兒家嬌羞的臉頰，頰上的那片流暈；夏季的黃昏特別長，天上地下都興起熱烈而絢爛的光影的流變；秋天的暮色最多變化，但在蕭索的景物比映中，總有些凄遲況味；而在冬日苦寒季節，暮色也被扔在宅外曠野外，凍成一片凝固而黯淡的青紫色，轉瞬間，便悄悄的遁入夜暮。不論在哪個季節，當你目注煙靄般的暮色時，你不難發現，暮色有一種磁性的美，吸引著你的靈魂。

蝙蝠在記憶裡旋舞著，一隻屬於古老年月的捻線鉈，也在打水似的旋轉，黃昏一清如水的光，逐漸逐漸的被攪渾了，我的竹馬能奔騰的世界，也祇是一兩條街和一兩條短短直直的巷子，巷尾掛著一輪扁大的夕陽，像一隻紅紙燈籠，彷彿要直奔過去，就能摘來拎在手上。還沒奔出巷尾呢，身後就有一串聲音在招喚著了。

「向晚啦！回家呀！」

那聲音又軟又慈和，搓成一條能拴住野馬的繩索，多少人的童年，是在那種呼喚聲裡度過的？彷彿屋外有一個妖魔，會把人吞噬掉似的。

安守家宅的人，似乎並不留連暮景，燈點亮了，爐火紅了，順手一掩門扉，便將一野黃昏關在屋外，任它鳥喧雀噪，鐵馬搖鈴去，遙遙遠遠的事，祇是燈前的傳言和爐邊的摹想，我能擁有一支竹馬奔騰的世界，已經咀嚼不盡啦。古陋的街巷，深深的鄉井，流沙陷住人童年的腳步，在暮靄中泛著青灰色的瓦脊和牆磚，風裡飄颻的酒旗，記憶裡的黃昏也是踉蹌的醉客，帶著倦意，安睡於初亮的燈色。

一旦浪跡天涯，回首不見家山，這才領悟到日暮的眞滋味。人很難抓住一種景象，正如我們抓不住眼前流逝的日子，暮景値得人品味之處正在這裡，無數微茫的光粒在游舞，魚鱗般的霞雲在疊疊，光與景的流變是那樣快速而顯明，使人在凄豔而柔和的光色中，一面捕捉，一面失落，興起無限的依戀和訣別的感懷。倒不是觸景傷情的悲嘆，沉沉悒悒的思緒，一如風牽的游絲，黏掛到若干的事物上，暮色使人深沉的思想，這句話應該有它的道理罷？

眞正說來，外間變幻的暮景，落入人眼，滴進人心，便釀酒般的釀出暮情來，景是虛，情是實，一樣黃昏百樣看，它的變幻全繫乎人心了，日暮鄉關何處是？煙波水江上使人愁的愁情是崔顥的，在感觸惆悵之外呢？怕眞是難以言宣，祇能用一個「悟」字作解了。有一年，途經一處沼澤，陰天薄暮，景物灰黯迷濛，一隻憔悴的灰羽鶴，穿雲而下，落在白蒼蒼的蘆草邊，我竟從那隻飄泊的鶴看見自己，不禁想到何地將是我明晚的宿處了？蒼天的遼闊，怕祇有以路爲家的眞正懂得罷？鶴與人爲何不能同感黃昏呢？……有些事、人總會逐漸習慣去適應的，長途巴宿的客旅，抬頭望見路旁野店的燈光，不也有奔回家宅的欣慰麼？儘管明早雞啼，又將背著行囊，在霜路上印一行遠去的腳印。

從一味情感的悲愁中解脫出來，才彷彿覺出：眼裡的黃昏並不亮給自己看，一轉念間，排遣自我情緒便成爲次要了。近些年來，我常常獨自尋訪山林古剎，在暮鼓聲中，默默的守著日暮光景，漸漸的，我覺出暮色是天和地的心胸，它寬廣、溫厚的包容著萬物，讓它們安靜的休憩，它像一個仁慈的長者，在離去前目注著繼起的生命。暮色迫使誰去流浪過？又迫使誰失落他們所愛所戀的？當人們面對向晚的景色，興起的悲愁怨嘆，卻都是人爲的，人有責而景無辜，倒是無須費辭的了！有一天，舉世的人都能無恐無驚的安守家宅，也許一野被關在門外的暮色才是最堪憐惜的罷？享有幸福的人們，常會將包容他們生命並啓導他們成長的事物遺忘，爲此，我願以救贖之心，多兜些黃昏的碎影，重新灑向人間了。

——六十七年二月・台北市

蘆笛思懷——給年輕的你

讓我捲起蘆葉，做成一管蘆笛，咿咿呀呀的，吹一支童年的歌給你聽；每個人的童年都是一支歌，有燃燒的快樂，也有沉沉的哀傷；不管日子去得多麼遠，記憶仍會隨著那歌聲，從心的袋囊裡飛出來，精靈般的蝶舞著，舞成一幅幅活動的圖景，那便是生命的最早的容顏。

領你登上一座小樓，很幽古的青瓦樓台，圓耳的梧桐當著窗，四季把它們不同的臉輪流嵌在窗上，灼亮的夭桃，滴綠的濃蔭，飛舞的黃葉，皚皚的冰雪，它們撒佈成一把把夢的種子，夜來時，窗外的畫幅在黑幕中隱去，窗角卻張掛起繁密晶亮的星子，變成無數盞引人作夢的小燈籠，孕育著人的成長。

在那裡望月和聽雨，用燈色擦亮癡迷的夢境，也許，童年的第一首詩就是那樣在心底萌芽的罷？過後，竟走進窗外的畫裡去，用手掌兜著風，才知春天是摸得到的；那年夏季，我初初學會捲製蘆笛，很短很拙的手藝，吹出來的聲音也帶著奶腥味兒，咿咿呀呀的，每一滴聲音都抖著翅膀，飛在夜晚的野原上，我吹著它，走過長長的桑林，連月亮都從林梢探出頭來聆聽。

你是否像我一樣，從大自然中學會一些事？聞嗅使人安心的泥土氣味，從它去辨識草芽和樹苗；用豌豆花做成猴子，用毛屋草紮成草狗；探訪秋蟲們的家，聽牠們在冷冷的夜裡，吟唱出巢居的溫暖，當隆冬圍爐時，傾出那些記憶來，反芻它們，體驗成長的滋味。你曾否聽過花白鬍子的老人講說故事，或是聽人說書彈唱，說的是人世間的千奇百怪，唱的是歷史上的煙煙雲雲，抱住那些感覺朝前走，便會逐漸懂得忠與奸，正與邪，是與非的辨別，看它們是怎樣透過生活，體現在人間的。能說鄉野上的學問不算大學問麼？那些人生的觀念源諸文化的根蒂，那與魚和水，植物和土壤的關係一樣，民族的生命，正是在這種超知覺的密彌中綿續的。

沒接觸書本之前，我已擁有繽紛的幻想和多彩的夢，稚氣的蘆苗聲，幻成一條精神的溪流，我是一尾小小的游魚，隨著時間，從那裡出發，游向更廣闊的江河湖海，去領略激流和風浪。時間是神奇的，它會造就生命，讓人成為躍向龍門的健鯉，或是推浪如山的巨鯨，你在騎竹馬，唱謠歌的年歲，都在想些什麼？夢些什麼呢？仰慕於聖賢的風範，欽敬於英豪的志節，懷抱日月星辰，遨遊五湖四海……想著，夢著，雖祇是一些朦朧的憬悟，也能助使你遙立初志，抱定初衷。耿耿心懷，正是生命路向的導引啊。

我曾從那裡一路走過來，蘆笛的聲音依然流響著，在生命的道路上，我看到很多人失落了真純的童心，有些人在名利競逐裡老去，有些人逞凶施暴，祇留下悔恨的迷茫，童年的笛聲再嘹亮，也流不進他們心裡去了。

所謂蒼老，或許就是這樣來的罷，成人世界一樣有許多可取的，爲何有些人總愛選取沉沉的哀痛呢？……願年輕的生命，能在成長中學習這些，讓屬於童年的、快樂的火燄，永遠溫暖著你們的心胸，使你感覺到恆久的充實和豐盈。

——七十二年夏初稿、七十五年夏改寫。

春之憬悟

——獻給惜春的人們

在四季分明的北國度過童年，春給人的感受是強烈的。九盡春來時刻，揮動手掌去捉風，覺得春風軟暖如新彈的棉絮，遍野的冰雪消融，人走在曠野上，能聽見發自地層的、春草怒萌的聲音，樹梢間的苞芽，以神奇的速度茁發出來，甚至在一夕之間，就以透明麗亮的綠火，點燃了藍空。

春是生命甦醒萌生的季節，由於地氣上揚，冰雪融化後的水分，充分的滋潤了地層，使花木孕蕾，百草萌芽，這種大自然生機蓬勃的氣韻，感染人心，給人以昂揚奮發的力量，古人詩章裡詠讚春天，有「紅杏枝頭春意鬧」句，我特別欣賞那個「鬧」字，因爲各類花草樹木，爭萌競發，各具不同的風姿，柳綠桃紅，鳥喧雀唱，再加上蜂蝶營營，豈不是一幅有聲有色的畫圖麼。

從上元夜的月色和燈影中，你就感覺到春夜大氣的柔軟沉遲，它透過微微的風，使白紗糊製的燈籠輕旋顫抖，使燭火跳動，人影彷彿蹈舞著，早春的腳步，正是那麼輕悄如靈貓的腳爪，無聲無息的向你偎近，當一陣春雷響過，一場春雨沛臨，春就化靜爲動，從大地的胸膛中爆炸而出，讓你目瞪口呆，它和人童年繽紛的幻望，青春期癡迷的戀情，是同樣的熱烈，能完全攫住你全部的身心。

孔子在易經的繫辭中，勉人要與四時合其序，從春的愛戀，從夏的成熟，到秋的軒朗，冬的完成，我確從時間的輪轉中，悉心體會著時序與人生的關係；幼時讀《紅樓夢》，讀到黛玉葬花詞，曾反覆記誦，當時非常感動於她的身世飄零，病弱多愁，面對著春殘花落的情景，便覺出紅顏老死的悲悽；後來總覺那是極少數的病態，按季節的推移，花落果成，經長夏的培育，到秋來的收成，原是人生極自然的遞嬗，生命雖然短暫，但人人都能擁有數十度春天，用它來孕育生命、飽滿人生，又何庸爲一度春天，作爲如此傷情的婉嘆呢？

我在人生的道路上，已然走過春，走過夏，也走過長長的秋天了，但在精神上所保留著的早春的煥發，仲春的繁華，卻絲毫沒有褪色，遠天的雲樹，風中的草浪，吻著流雲的風箏，並非無痕的春夢，記憶喚醒我，生命是從那裡來的，經過摸索和肯定，趨向完成。

每年的冬寒季節，我都安靜的在地下層的書房裡，安靜的守著爐火，守著夜，守著輕輕的音樂和滿架的詩書，在柔和的燈色和插花的姿影中，寫作、閱讀，我曾自撰一聯，上聯是：紅袖暖風春座酒，下聯是：寒燈細雨夜窗棋，（抱歉，係改自古人聯語。）這是兩種截然不同的人生境界，正如上元夜的燈月交輝，燈是燈、月是月、燈的繁華和秋月的淒清，同樣可以交融，人生的情境，原也可融爲一體，我坐在爐火邊等待著春天，正和鳳凰浴火而騰翔，樹木落葉而重生一樣，每活一年，就完完全全的抖落人世的一切憂煩，重新享有一次春天，我能如此，想必你也能夠呢。

作爲一個現代的都市人，眞要比黛玉詩中的春殘花落，更要堪惱堪憐了，我們忙碌得幾乎連抬頭看天看雲的時間都很少有，春夏秋冬，都祇是日曆上冷漠的數字，有時把紅紅的喜帖看成春，把白白的訃聞看成冬，腳下踩著的，不是水泥就是柏油，大自然和我們的距離，似近實遠，光憑新春的鞭炮，實在炸不出一番春景來的。

在季節不甚分明的南國，春天是要花錢去尋覓的，你爲何不去霧社和盧山，看看滿山的櫻紅，爲何不去武陵，看看其綠如藍的滔滔澗水呢？我曾寫過一篇散文，道出常年的綠意，成爲一種老而不死的憂煩。但旋即發覺，那祇是都市人的憂煩，在自然中，在山林裡，春的容顏和北國一樣，是永遠鮮妍的，同樣的綠意，也具有千萬種不同的層次，同樣的流水，也具有千萬種不同的聲音，如果你不去觀看，不去諦聽，你永遠不會明白的。

我歌，我舞，我迎春，我深感人生要如輪移的四季，每一年都要從春天開始，在四季輪移中，作一次生命全程的參悟，而春天，總是生命最原始的背景，給予你一種激發，從希望、夢想，到點滴的實踐，終抵於成。

你是聰明的，你是否是這樣想呢？

——七十六年春二月・台北市

守燈

不知在何時，想到「燈火蓮浮」這樣的形容，曾以妙語偶得的心情，把它獻給我所愛的夜晚。你會想像到那種光景：夜濃如深邃的大海，斗室就是海上的舟船；燈火在無邊夜色圍繞中，柔柔輝亮著，猶似一朵燦開的水蓮，長年守著燈和夜，我心中恆留著詩意的微芬。

早年遭逢戰亂，倉促辭家，有很多年都不曾一親家宅的燈火；過久了披星戴月的日子，便渴望擁有一間斗室，一個屬於自己的窩巢。能安守著夜和燈，無驚無恐，該是人生最大的幸福；一旦擁有了它，我便願和燈長相廝守了。夜愈深沉，周遭愈靜，獨自守著燈，開始時確實有些孤寂，像咀嚼苦澀的橄欖，逐漸的，我品味出苦澀中溢出一份淡淡的甜美來，春夜的氤氳，秋夜的朗靜，燈火隨著時序的移轉，也變化出不同的姿影，燈光世界爲你添注了多少靈性的思維和感受，你幾乎能聽見體內靈芽茁發的聲音，你的靈思像流泉般奔湧而出，彷彿化成想像中天河的水聲。

曾讀過一首詩，詩裡有「惜陰常早起，愛月夜眠遲」的句子，也許是身經亂離的關係，用星和月比映人間，帶給我太多傷懷詠嘆罷，多年晏眠，我倒不曾吟風弄月，寧願及早關起門，守著燈火，去耕耘稿箋，你曾否想過，古今有多少詩人詞客，都是在蓮浮的燈火下，寫出他們第一闋詞章的？

山中的夜總很靜寂，偶爾有微風翻動葉簇，或是各種鳴蟲的吟唱，但都不會影響周遭靜寂的感受，夜朝深處走，生命在時光的波濤上前行，你緩緩的打開心靈的門戶，自會發現許多可思可憶，可詠可嘆的事物，千門萬戶中，都有著輝亮的燈火，影映出無數形象來。一份微帶苦澀的單寒，正是生命成長的靈藥，徐徐開展的思維，像仙鶴張翼，帶你直上九霄。

尤當秋深葉落，守著夜雨寒燈，在燈下思往事、懷遠人，重新尋拾一些早已歸入遺忘的事物，或是摹想未來，你等待開拓和實踐的理想，靈光點點如夏夜的螢火，你的生命會在它的照耀中，變得厚實豐盈。

以日和夜相較，夜是種植生命的根生土壤，化發成白晝的枝葉和花朵，一個人如果一味迷戀於白晝的聲色繁華，而不去守燈沉思，爲心靈添薪加炭的話，久而久之，生命將逐漸的枯萎，反之，常年守燈神悟，也得在白晝的陽光照耀之下，進入大千生活，去尋求印證，這樣，人生才能完整均衡。

我是一艘回航的船，一隻歸巢的鳥，夜是我停泊的港灣，棲止的窩巢，燈火果眞幻化成一朵潔淨的白蓮，載著我的靈魂，冉冉昇起，遠離戰亂，寄望承平的企願始終如一，能安守燈火的人，應該更加珍惜護持才是；歷史的長風自書頁間飛起，沙飛石走歸我，風清月霽歸你，願燈和夜引領你們，展佈成明夜的星圖，讓後世仰首。

輯二・月光河

那一抹隱約的青蒼

早在不解憂愁的年歲，就習唱過那首叫「燕」的歌了，經歷過數十年的戰亂滄桑，竟連歌詞也大都忘卻了，彷彿記憶也禁不住時間的剝蝕，像一座古遠的殘碑，細心拂拭，僅留下的一些斷句，顯得斑駁朦朧，祇看出它是：雕梁畫棟夢如煙，烏衣門巷捐秋扇，呢喃，呢喃，呢喃，呢喃！不如歸去歸故山，故山隱約蒼漫漫……。

來自北國的候鳥，爲躲避冰雪嚴寒，展翅飛向南方，在山溫水軟的地方營巢育雛，度過一冬和一春，剪簾弄影，軟語呢喃。但春風染綠的南方，也有著它歷史性的憂鬱，雕樑畫棟夢如煙，已使人不勝感嘆，烏衣門巷捐秋扇，更使人黯然神傷，彷彿人間世上，充滿了時空流變的滄桑和世態的炎涼，四聲疊唱的呢喃，有多少鄉思和隱微的懸念，投向那一抹遙遠的、隱約的青蒼。

誰是那詞曲的作者呢？他們都該是上一輩的人了；背負著上一代就已點燃的烽火和無盡的流離，那時刻，他們祇是由北投南，還未曾浮海避秦罷？即使如此，背井離鄉的感受，已經夠深沉的了。

穿經更大的人爲災劫，使人嗓音粗啞，難以放歌，但感覺裡的徐緩歌韻，依然飄蕩著，成爲一種略帶愴然的生命的抒情，當秋夜冷雨敲窗的時刻，耳際便會響起那樣的歌聲：雕樑畫棟夢如煙，烏衣門巷捐秋扇，呢喃，呢喃，呢喃，呢喃，不如歸去歸故山，故山隱約蒼漫漫……。

童年習唱此曲，並不能懂得詞意，祇覺得曲調優美動聽，但等兩鬢星霜的年歲，憂患餘生，品味著這歌曲中的殘句，和現實生活中的名利徵逐，淫靡放蕩比映，不禁興起無限的感觸，幾十載悠長時間裡，有多少不歸的候鳥，已客死他鄉，這社會卻把他們當成秋扇，說什麼恩，道什麼情，連一個起碼的義字也難見蹤影，我雖仍活著，那一抹遙遠的青蒼，也祇能在夢裡追尋了……。

一夕酒醉，啞聲唱出記憶中僅存的殘句，鹹溼的淚水，盡濡衫袖，不知是激憤還是悲哀，祇覺詞意之處的萬千感受，紛沓而來，我唱著，祇是獨自唱著，因爲多年來，我並沒聽到有別的人唱過它，使我懷疑，這樣優美的、直融入生命的歌，已成爲當世的絕響了。

你聽，你聽：

雕梁畫棟夢如煙，
烏衣門巷捐秋扇，
呢喃，呢喃，呢喃，呢喃，

不如歸去歸故山，
故山隱約蒼漫漫……。

——七十六年四月廿三日凌晨・台北

磨坊

有時候，記憶是不被選擇的，人總希望能選擇記憶，把美好的留下，把痛苦的遺忘。那磨坊留給我的印象並不美好，但卻一直深深鏤刻在我的心中，半生難以遺忘。

那家原是經營醬園生意的，前後好幾進屋，一片青煙般的瓦脊，看上去很有規模，小時我常端著碗，去買醬和醋，買醬菜不用帶碗，醬園的主人丁大爺總把切妥的醬菜用兩層荷葉包妥，隔著櫃台送到我的手裡；醬菜和荷葉混合的香味，常使人滴出口涎來。

抗戰期間，小鎮遭遇戰亂，丁壯去了後方，老弱婦孺，也東逃西躲的過日子，原本熱鬧的街，就荒冷下來，醬園的主人帶著家眷逃難去了，祇留下一個肥胖的師傅，在冷清中撐持，這樣過不久也就歇了業。大約經過兩年，丁大娘回到劫後的家，我才知道醬園的主人丁大爺在逃難途中，被亂槍打死了；他們身邊唯一的女兒小金子，也死在同一場劫難當中。

那個身材瘦小、頭髮灰白的老婦人，絕少對誰提起她的丈夫和女兒，她不哭不笑，一臉漠漠的呆滯使人見著了會感到寒冷。那年頭，死人是常見的事情，開始時，人們還會嘆息著談起那些死者；到後來，一街的住戶，幾乎家家都有人死去，大家便都陷在冷漠和麻木當中，不再談論什麼了！

那老婦人一個人活在那古老的宅子裡，把前門封了，從臨水的後門出入。醬園的後屋原就是磨屋，她買了一匹灰色的母驢，開設磨坊，靠著替別人磨糧過日子。時間在磨上旋轉著。白紛紛的糧屑，人間亂離的雨。轟隆隆的磨響，權當著雷鳴罷。

從圮塌的牆缺處，看得見那片空寂的院落，沿牆排列著許多醬缸，有些用尖頂的鉛笠覆蓋著，有些缸口朝天，缸裡的醬早已乾裂了，竹製的醬油抽兒還歪斜豎立著。方磚的地面上，深一塊淺一塊的染著苔，亂草和霉菌子在磚縫間茁生著。早先熱鬧的光景都消逝了，丁大娘就活在那種一情一景都能觸動她記憶的地方，那彷彿是一座生命的洞穴，使她踩在她的記憶上活著。

磨坊是陰黯的，四壁間祇有一個小窗洞，透進一點天光，地面上有些凹凸不平，石磨的周圍，有驢蹄踏成的圓形痕跡，整整凹下一圈兒，土面泛出青黑色的油光，靠著牆角，有一個籮櫃，那是籮麵使用的。丁大娘套驢上磨時，一個人是夠忙碌的，她一邊要吆喝著驢子，一邊要把堆在磨眼邊的糧食均勻的掃進磨眼，一邊又要把磨齒間流迸在磨台上的粗粉放在籮子裡去籮。圓形的細籮子是用馬尾編成的，放在籮架上往覆推動，細白的麵粉就篩落到下面的木櫃裡去。通常，粗粉籮過之後，還要重新進磨，再籮兩次，頭一次籮使用細籮，籮下的是上等細麵，再籮出來的是中麵，第三次籮出的是較黑的粗麵。每次使用的籮子，籮孔粗細也不相同。通常，她為人家磨一斗糧，祇取半升麵粉，以及落下一點麥麸；因此，她必須辛勤的工作，用以養活她自己和的牲口。

不論在哪個季節，她都在傍午前拉牲口上磨，晌午休息半個時辰，然後一直工作到深夜。驢蹄聲，磨盤轉動聲，噼啪噼啪的籮櫃聲，混和她吆喝牲口時所打的哩哩聲，使人隔著牆也能想得到她忙碌的光景。

哩哩不是俚歌，它既沒有一定的節拍，又沒有人能聽懂的歌詞，那種隨口發出的咿唔，彷彿是人和牲畜間最親密的、特定的言語，每個在磨坊工作的人都會唱，但每個人唱出的音韻都不相同。

我聽過很多人打哩哩的聲音，農夫們在耕作時叱牛，通常是粗沉宏亮的。尾聲微帶著半分顫抖和自然的蒼涼，而丁大娘在磨坊裡所打的哩哩，聽來特別的淒楚，有一種撲鼻的悲酸，尤其在秋深葉落的夜晚，寒月下聽見她獨自哼唱的聲音，彷彿那和天地間肅殺的秋聲綰連，刻進人的骨縫。不管時光去得多久，我仍記得她唱出的那種聲音。

噢呀哈，噢呀哈嗚呼嘿呀，

噢，呀胡嘿呀…………

很單純的一種曲調，徐緩又哀悽，彷彿在哀哀切切的怨訴著什麼！驢蹄聲，磨轉聲，籮櫃聲，都成了那歌聲的配樂。

丁大娘儘管冷漠呆滯，但她並不是一個性情孤癖的人，尤其對孩子，一臉的親切，說話也很溫和。因此，我常常跑到那座荒冷的宅子裡去，癡癡的陪伴著她。她住在磨坊旁邊的北屋裡，滿是雨跡的牆壁上，還貼著不知哪年貼上去的年畫，年深日久，畫紙已變成蒼黃帶褐的顏色，原先那些鮮豔的顏彩，都隨著黯下去了。她告訴我：小金子活著時，最愛那些年畫，她追著人問詢年畫所繪的人物和他們的故事。她床頭放著一隻三層的籐製小提籠，籠裡裝著許多她女兒小時愛玩的小東西：銀鐲啦，花邊的圓鏡啦，手磨得渾圓細緻的瓦彈兒啦！……除了套驢上磨，常就待在這屋裡，摸著這些，想著過去的日子，……永遠不能回來的日子。

她在磨坊裡忙碌時，自覺要比待在屋裡舒心些；至少她還有灰驢陪伴著，有些聲音填塞她心靈的空洞。籮櫃打響後，細微的麵屑飛成一片霧般的白雨，把她籠罩著，屋頂的梁柱、蛛絲，全叫染白了，她的灰白的頭髮和衣衫上，也黏滿了那種麵屑，她就那樣輪覆的唱著哩哩，活在那片白雨之中。

經歷過亂世的人，常會悲憐死者，有些人軀體被熱鐵和硝火撕裂，有些人在無盡長途上被沙塵蓋臉，有些人應了水旱瘟疫的天劫，他們的生命如殘春時飄零的殘英，或歸泥土，或葬溝渠，確是使人悲嘆，但像那活在磨坊裡的老婦人呢？命該是那樣獨自擁抱著一片白白的冷了！

噢呀哈，噢呀哈，嗚胡嘿唷，

噢呀胡………嘿！

在天和地之間，曾響過那麼一種聲音，從一個生命裡流出來，帶著某一類民歌的意味；彷彿不需要再敘說一個有關於那生命的故事，直接便能從那歌聲裡，聽到民族心臟的律動和那一時代的呼吸。如今那座古老沉黯的磨坊，那匹灰色的老驢，以及那樣唱著的老婦人，也許早就不存在了，但它們卻在我的心頭，成爲一幅墨黑的畫境。那就在秋夜運筆，輕輕的畫出它來罷！至少，它是我童年期眞實的生活背景。用感覺去回顧更遠的歷史，或許有更多無告的淒涼，誰說這是消沉的呢？每當我用溫熱的心，去覆蓋一代代不幸人們的時候，生命便有了重量。

——六十五年八月・台北市

遙遠的懷念

——獻給母親

隔著悠遠的時光，一切記憶都沉黯朦朧了。誰在詩裡那樣寫著：「黃河之水天上來，奔流到海不復回」，生命也正如一條莽闊的河流，一經奔瀉，就永難再回歸昔日了，追根溯源又怎樣呢？再沒有眠歌與搖籃，再沒有爐火與燈色，一切在意念中存在著的事物，都已成空。曾經回鄉的友人帶來信息；我座落在黃河故道邊的宅院，早已片瓦無存，那些嘯風的老樹；也都連根刨盡了，母親在戰亂中攜帶著弟弟，流浪到江南，後來病死南京，爲邁高橋公墓添了一座孤墳。我是被激流中離山原的一塊漂石，立在乾涸的河床中，讓時間的風雨，剝蝕我逐漸老去的容顏，守在夜晚的燈旁，閉目冥思，便有一份悽然無告的單寒。

母親姓張，家住在蘇北一座極小的鄉鎮邊，那座靠近南六塘河邊的小鎮叫做澗橋，全鎮不足百戶人家，據說有清一代，那是個軍鎮，漢軍旗的屯兵駐紮在那裡，後來依駐地落籍，可見她的先世是從東北跟隨努爾哈赤入關的屯民，澗橋離我家不過廿里地，但我從沒去過，祇聽說那裡有座洋教堂，澗橋附近的人，大多是吃耶穌的。在窮鄉僻壤的地方，人們排斥洋教的心理極強，把基督教當成怪胎來看，當時年輕的她，不留長髮不梳髻，也讓老一輩人駭怪不已，把她叫做「三刀毛子」，她走到哪裡，總有一群好奇的孩子跟著，他們唱：「三刀毛啊，穿旗袍啊，走起路來搖又搖啊！」年老的人雖不會去湊這種熱鬧，但也會擺出不屑的樣子，挖苦說：「短頭髮不梳髻，蓬得像抱蛋的雞窩，有什麼好看?!」

這些點點滴滴的事，都是後來母親笑著講給我聽的，她的聲音寧和，把往昔處境的艱困孤獨，化成輕鬆的趣譚，並無絲毫責怨別人的意思，可見她雖祇是粗識文字，卻深深懂得恕道。她是個勤快隨和的人，主管著一大片園莊，服侍年老的祖母，農務和家事很吃重，但她很輕鬆的就獨自擔當下來了，像牲口的買進和飼養，各類莊稼的播種和收成，佃租的收取，長短工的調度，她都做得井井有條，逢著農忙的季節，她總是四更天起床，準備四五十人的伙食，她瘦小的身軀中，卻包裹著無限的精力。

作爲一個農家婦，她從來沒穿花戴朵的打扮過，她的所有衣著祇有三種顏色，月白的，黑的和藍的，但她很愛乾淨，家宅的裡裡外外，每天總要打掃兩三遍，她利用空地，在宅前開園灌圃，種植許多菜蔬，宅後野林邊，她種植金針菜和向日葵，要使得地無一寸荒，即使在豐收的年成，灶屋牆角的罈裡，也醃了許多野菜，用來佐餐，像小蒜，蒲公英，都美味可口，很能下飯。

從沉黑的記憶邊緣，我仍記得她哼唱搖籃曲的聲音，低低緩緩，細細柔柔的，像一彎清淺的流水，她唱道：「月兒一出樹頭高，我家寶寶，他要睡覺，哎唷，哎唷，瞌睡蟲兒，又上眉梢，……。」

我略大一些的時候，從她那裡，學到許多農諺和鄉土謠歌，有關於來年的氣候，雨水，稼禾豐歉多方面的，那是想做好一個農民最基本的知識，月亮起箍了，她會說：「日箍雨，月箍風。」天角起虹了，她會說：「東虹風，西虹雨，南虹北虹賣兒女。」天邊有烏雲了，她會說：「頂風的雨，順風的船。」或說：「西南雨，不上來，上來滿溝崖。」對於牲口的年齡，她懂得數牙口，牲口的孕期，她說是：「貓三，狗四，豬五，羊六，牛七，馬八。」在家庭事務上，她引用的諺語更多了，比如：「穿不窮，吃不窮，不會計算一世窮。」「掃地不到邊，爹娘罵一天。」「不要你尿金屙銀，祇要你見眼生情。」「闔家一條心，黃土變成金。」

她對子女的教育，也就是這些前人留下的順口溜兒，另加上無言的關心，當我留在她身邊時候，她從沒疾顏厲色過，也從沒打過我一個巴掌，她前後生了六胎，五男一女，祇有我和弟弟存活下來，妹妹和另三個弟弟，都感染瘟疫夭亡了。我自幼辭家奔走道途，留下的記憶極爲有限，聽說她獨力支撐著這個家，到祖母亡故，屋牆圮塌，才在大變亂前夕離開那裡。

據最近才連絡上的弟弟說，她流落南京，靠著做女紅，爲人洗衣打掃維生，節衣縮食，把弟弟送到北方去念大學，一年夏天，她因高血壓路倒，送醫不治，弟弟千里奔喪，無錢葬母，全靠鄰居幫忙，才送她入土，這一說，也是卅多年前的事了。

無論如何，她曾經存活過，也給予過，她留給我的每一句鄉土俗諺，都成爲我生命成長的規範，她要我幫助別人時說：「幫人要幫在刀口上，寧在飢上送一口，不在飽上給一斗。」她教我安排生活時說：「大口小口，一月三斗。」意思是：家裡多添一口人，每月的基本生活費，得要三斗糧食，人得要先餬足了嘴，才能談到創造貢獻。

古人常說：半部論語，足以治天下，母親帶給我的這許多生活上的論語，足以規整我的一生，使我作一個無愧天地的人，我能不感恩懷德麼？如今故園荒蕪，即使歸去也無枝可棲，弟弟也流落嶺南，何時得能歸去，一展墓台呢？我一點也不介意失去家宅和田地，而慈顏見背的愴懷，卻使我心中有淚如泉，看來我祇能燭燃自己的生命，用以作爲祭禮了。

——八十年母親節前夕・台北市

月光河

吟誦著「兒時不識月，疑是白玉盤」的詩，便恍惚重見童稚期仰對明月的光景了！月在童年的眼裡，確是神奇，經由每個中國兒童都熟悉的神話和傳說的哺餵，月亮便也中國起來。添了西王母、嫦娥、廣寒宮、月桂樹、玉兔和揮斧的吳剛那許多古典的裝飾，使它看來分外的柔媚；古人認定月爲太陰，該是深受感覺的導引罷？望月成痴，對某些愛幻想的孩子們來說，該是毫不誇張的形容，爲了貪看廣寒和桂影，我幾乎把自己望進月亮裡去，飄飄的，彷彿已御風而起，遠離凡塵了。

及後讀詩讀詞，詩裡的月和詞裡的月，更是千變萬化，凌越時空，各具不同的情韻，從那裡面，使人撿起秦，拾起漢，尋得衆多被月光照過的人的心靈，以及百彩紛呈的生活姿影，能說這是虛幻的麼？數千年來，哪一頁歷史上沒有月光？

喜歡望月，這種穎悟彷彿是很自然的；亙古臨空的月魄，照過多少世代的人臉？見過多少歷史的滄桑？懂得這個，便很難把它當成單純的風景看了。事實上，面對著柔美平和的月亮，人們即使懂得，也不願認眞去追索那些的、對酒當歌式的生活，雖然含有自嘲的意味，那種享受，畢竟使人貪戀著，因此，月與花，月與酒，月與戀情，便在生活裡和人心連繫起來，創造出人生的美：一剎間的永恆來。

人生雖然短促，生活卻是多面的，感覺更展向無垠，因此，融和月光所創造的美，也並非多如前者那樣酣然，那樣輕柔。在月下飛度關山的勇士，創造出剛陽之美；而在月下的死別生離，便有另一種淒愴之境：不論昇平之世，或是戰亂之期，人類的生命，始終在尋求並創造著美。月光綿亙成河，便成爲一種映證。

浮泳在乳色的月光河裡，我們成長著，無邪的習唱過：「月爹爹，月奶奶，把兩個錢，做買賣」的兒歌，把月光紙焚成夜舞的蝴蝶，也背熟了：「十五十六月亮圓，十七十八少半邊」之類的流諺，更逐漸感受到月出的欣喜和月落的憂鬱；生命裡，記憶中，都印下了斑剝的月光。

亂裡辭家，奔走道途，望月於陌生之處，月光彷彿有了寒冷的霜痕，夜讀「露從今夜白，月是故鄉明」句。方知飄泊的心境，更常興掩不住的鄉思。

一路背著南方北地的月亮，風沙打熬出的青春使人覺出：人在不同的時空、不同的生存際遇裡，使生命產生了不同的型格；月與花、月與酒雅興，注定不屬於我了。浪途中倒眞心喜愛過一首古老的曲子，歌聲徐緩，有些鄉野上原始的哀淒……「月兒彎彎照九州，幾家歡樂幾家愁？幾家骨肉團圓聚？幾家流落在外頭？」

人揹著槍，走在月白霜濃的野路上，過的是「朔氣傳金柝，寒光照鐵衣」的日子，透過硝煙紅火，眼裡望的，心裡想的，卻滿是別人的困苦艱辛，日子過得愈堅硬，心靈愈爲柔軟，沒有誰不想透過戰火，像摘星樣的摘取承平？有時候，仁懷也需生活培養的。

歲月波流，倏忽半生，我愛月的心分毫未見減卻；儘管科學新知，擊碎往昔的傳說和神話，但由童年起便深植於心的感情根蒂，非常深牢。月亮總是自然的一部份，它的柔光，始終感染著人，激發人的悟性。一首最典型的詩這樣的陳明：「古人不見今時月，今月曾經照古人，古人今人如流水，共看明月皆如此。」當人仰視明月的一剎，誰不曾懷有這樣的嘆悟呢？一般說來，具有文化感的生命，活著是追尋和創造，死亡是一種美的完成；正爲人生短促，才激發人創造的心胸。我雖愚拙，但同時代無數勇壯豪邁的悲情，也帶給我無盡的啓悟，平靜而柔和，如同月光。

傾出心囊裡的記憶，去撿拾月影罷；帶暈的月輪是將要起風的兆示，正如俗諺所謂的：日箍雨、月箍風。幼時每見月暈如環，便會撿起一塊磚，念念有詞的走七步，畫個圓圈把磚塊壓在當中，傳說那樣便可以把風壓住了。回想時自覺愚昧可笑，但當時卻確信著，兒時，自有兒時不解事的天眞。

後來又聽誰說過，說當月光把簷影的波浪映在地面上的時刻，人祇要腳踏月光和簷影中間，數著走上一百步，就會看見鬼，我也曾滿懷好奇的試驗過，——但從沒走完一百步，就恐懼的跳開了。在古老北方傳說中裡成長的孩童，對於幽冥世界竟是那樣的敏感，直至如今，我仍然清楚的記得這件事情。

北地有一種唱野戲的班子，專在有月光的夜晚，覓一處空場子唱戲；他們也挑有簡單的行頭，也塗胭脂抹粉的穿戴和化裝；所唱的戲曲，多半是耳熟能詳的民間故事，才子佳人的離合悲歡。那些戲曲的意念很通俗平凡，但在月光的渲染中，情節顯得格外感人。我爲那些煙樣雲樣的人物笑過，也落過淚，在如今的記憶裡，仍漾著淡淡的、情感的波紋。

離家頭一夜，宿在蘆葦搖曳的野河邊，月亮透過初秋的水霧升起來，又扁大，又泛著少見的霞紅色，彷彿剛哭泣過的樣子。我這半生，從沒再見到如此扁大的初升月，因此，那夜的月亮，便留給我非常特殊的印象，怎樣都難以遺忘。

另一年的一夜，睡在沙原上的壕塹裡，一個年老的兵士告訴我，說太陽晒黑了人的皮膚，可以改變過來，但被月亮晒黑的皮膚，是很難變白的。我不知他的話有何根據？但直到如今，我的膚色黧黑，也許是被野地上的月光照多了的關係罷？春月的朦朧，夏月的乳白，秋月的玲瓏和冬月的寒冷，我都經歷過，把那些情境和感覺，深深的刻畫在心裡，閉上眼，便能看見那些畫境。

一夜在槍聲如沸的戰場上，我抬頭望月，幻想過一些愛情，一些又甜蜜又淒傷的愛情，假如我能活著，有一天我也許會指月爲盟罷？人在生死俄頃之際，能想著這個，足見生命的感想是奇奧的，它很難依照理性的解釋去進行，我不知那算不算另一種形式的勇敢？

一年冬天，隊伍暫宿在乾涸的河床當中，以高高的堤岸當成避風的牆，但仍覺出夜深的嚴寒，有人折蘆燃火，並圍著火堆取暖，一個人先唱一支歌，許多人跟著應和，後來又唱出許多支與月亮有關的歌，人的感覺隨著歌聲，在月亮中遠引，每個人的眼裡，都顯出溼潤的光輝來；而那些當時的人臉，多半成爲中國泥土的一部分，有些終生並沒標榜過一句口號，他們便像春殘時的落花，默默的獻上了他們的生命，以及和我一樣多幻想的青春……。

離國之後，看明月升自海上，人坐在船舷邊的救生艇上，默念著：海上生明月，天涯共此時的詩，一心都是以一般語言難以宣述的詩情，那種銘心刻骨的痛傷之感，不知曾活在秦漢的古人是否同樣懷有過?!

把這些片斷的光景連綴起來，記憶便流淌成一條月光的河流，一波一浪的拍擊著，不管是欣悅還是哀愁，它總有一分溫柔，生命也變得溫柔了！

「到露台上看看月亮去！」

我常常陷身在躺椅上，沐浴著月光，有閒之士，也許會愛月夜眠遲，但我祇能在月下小坐片刻，便要回到燈前來，閱讀或是寫作，經常看東窗的月影移落西窗，有時靈思泉湧，直至雞啼月落方始罷筆，也算是月不負我，我不負月了！當然，比之李白酒後蹈月，與美同歸的境界，總覺略遜幾分，如能夢擁月光，沐淨心懷，使本身的性靈生活更加充實起來，也就差堪告慰了罷？

爲都市塵霧所苦的朋友，你可曾想躍入記憶，在月光展佈成的河流裡洗濯身心麼？花前月下的人生固然甜美，但在那之外，仍有著無數境界，值得人去感悟的，月亮和生命相融，它就再不是單純的、浮面的風景了！

——六十六年十一月・台北市

雁

雁是怎樣的一種鳥呢？在蒼藍的秋空上寫著字，寫得那麼快又那麼整齊，仰痠了頸子望著牠們飛進緲遠的雲裡。那些抖動著的、會飛的字，常引起人魔異的遐想。

每一年的秋天，風涼露冷的時辰，一天之內，都會見到好幾陣雁羣，有時已經入暮了，牠們還在飛著，偶爾從雲層上面，灑落下充滿寒意的啼聲，使人聽在耳中，心便像秋般的寒冷。

雁朝哪兒飛啊？母親在橙色的燈光裡回答我的問詢，並說起雁的故事，說牠們是飄泊的候鳥，寒季從北地起程，飛到溫暖的南方去，春暖時，牠們又飛回解凍的北國。說雁是專情的鳥，牠們一旦選擇了伴侶，便相愛著，廝守終生，牠們更是合羣的鳥，一羣雁是一個大的家族，相互關心著，禍福與共。

但家鄉既不是北國，又不是南方，會寫字的大雁祇飛不落，離我們的生活很遠很遠，因此，魔異的遐想，始終在人心裡發酵著。深秋落葉，野地遼闊荒凄，蒼藍如水的秋空，更高遠無際，一般的鳥雀，都非常的戀巢，黃昏一起，便匆忙的飛回巢裡去，祇有雁鳥橫空飛著，高高的天頂上，風該多猛，天該多寒啊？有時天黑了，南牆邊落了葉的梧桐的枝幹，迎風清嘯著，冰樣的雲上，仍然滴著悲淒的雁語，嘎、嘎的，彷彿在向人吐述些什麼，是說天太長？地太闊？還是怨著冰雪鎖住了牠們慣於棲止的家山?!

牠們飛著，中途會停落在一些有蘆有沼的地方，那祇是陌生的、暫容牠們一夕棲止的地方，冰寒的沼水，能洗淨牠們翅上的風塵？嘎嘎的雁啼聲是那樣嘹亮、那樣清越，常常穿窗越戶，把人從夢裡喚醒，怔怔的，恍覺自己也正飛在寒冷的高天上，透過一層雲，迎面又撲來一層雲，翅膀下，盡是不相識的山川。

後來，經歷離亂，才知道有時候人的生活也如鴻雁，不但長時飄泊，還會索落離羣。一年秋天，流浪到大湖邊，總算看到葦地的落雁了，無數的雁隊都聚落到荒曠近水的灘地上，里許之外，全聽得見那種嘎嘎的啼叫聲。那種肥大如鵝的雁羣，按理該是上好的獵物，但湖濱一帶的居民，卻極少願意獵雁的，他們認爲行獵殺生，有傷陰德，尤其雁是善良的鳥類，殺了一隻雁，必會使牠的伴侶成爲孤雁，哀鳴不已，使人不忍聽聞。

一位白鬚白髮的老農夫告訴我，當地人寧可在荒年餓死也不願獵雁，而外地有些貪利的獵人卻經常趁夜潛到葦叢和澤地來，獵殺雁羣。通常，雁羣不論棲息怎樣荒涼的地方，牠們都極爲警覺，入夜眠息時，遣有守望的哨雁，這些哨雁，多由孤雁擔任著，不眠的哨雁立在雁羣外圍，遇有絲毫動靜，便出聲啼叫，警告熟睡中的同伴，醒來準備應變。獵雁的人知道雁的習性，他們穿著黑色的軟皮水靠，帶著火摺兒，推著輕薄的瓜皮小舟，沿著水潭，緩緩的接近雁羣，到達相當距離後，他們便停住了，故意晃動火摺兒，使哨雁看見，引得牠嘎嘎的叫喚，羣雁醒轉來，四邊張望，覺察不出動靜，會怪哨雁無端驚擾牠們的睡眠，羣起飛啄牠，然後重新把頭埋進翅下入睡。獵雁人耐心等雁羣靜下去，如法炮製的再晃火摺兒，這樣反覆逗弄到雁羣對哨雁失去信心，哨雁被啄得羽毛零落，即使聽著些許動靜，再也不敢發聲示警爲止。這時候，獵雁人就放心把瓜皮小舟推到距離雁羣最近的地方，這條船上，裝有木架，架上固定安裝三排火銃，每排三支，第一排銃口低，專打停落的雁羣，第二排略高，專打初展翅上騰的雁羣，第三排銃口斜向天空，專打飛起的雁羣。黑裡三聲銃響之後，獵雁的人再沒旁的事，單等著天亮時在沼面上撿雁了，由於宿雁密集，三排火銃放出去，通常能撿拾一船的雁隻。

這是很殘忍的故事，也許有些人能從這故事裡體悟到若干人間的事罷？獵雁人故意晃動一下火摺兒，用火光騙得哨雁鳴叫，然後匿伏不動，讓雁羣怨怒哨雁，對牠失去信心，這不是明顯的離間法麼？可憐的是雁羣怎會知道人類的貪婪和狡詐？

對雁知道得愈多，抬眼再看秋空，見著雁陣時，心裡便多了一份沉重的繫掛，減卻兒時夜聽雁語的幽情，彷彿秋水蒼空，就是莽莽山河，而奔波如雁的人們，在亂離中，一樣被狡者當成獵物，心中便迸出一聲雁唳。

流浪到山溫水軟的江南，聽到一處民家談起雁的故事，說是某地一家，在潭邊拾獲一隻負傷折翼的大雁，替牠裹傷收養著，希望牠創傷癒合後，能再飛去尋找牠的族羣。這樣過了些日子，那隻雁傷癒了，但牠吃多了米糧，體重增加，無法再行飛翔了。當牠試展翅翼，無法飛起時，便日夜痛苦的哀叫著。有一天，天空飛來另一隻雁，那是傷雁的愛侶，牠離羣尋覓牠受傷的伴侶，終於如願，但當牠發現牠的伴侶已經無法飛翔時，便徘徊不去，哀鳴不已。無論牠們的結局如何，都會深深的激發起人的同情。

也許人在浪途上，感覺中的生活一如鴻雁罷？我對於那些會寫字的飛鳥，始終有一份異樣濃厚的情感，友人襄雲先生以繪雁知名於畫壇，十數年前一個夜晚，我造訪他的畫室，向他求畫。他畫的是秋日的沙渚，枯葦搖曳，雲水蒼茫，一羣雁鳥棲落渚邊，或剔羽、或徘徊，情狀栩栩如生，我把它裱懸在客廳裡，指著它對兒輩說：我們該是一羣南翔的雁，有朝一日，北國解凍，我們總要飛回家鄉去的。

這裡又臨著秋天了，山麓的草蟲，在月白風清的夜晚，寂寂的吟唱著，露台獨坐，蟲聲繁密，倒也有些秋韻，但橫空的雁陣，卻久久沒能見著了！更聽不見雲端滴下的雁語，這使人在情感上終覺缺欠些什麼，也有些輕輕的悒鬱，那該是不忍拂拭的鄉情罷？

生苔的階石上凝著冷露，

雁聲驚落井梧的葉掌，

童年眼裡的星，
該是雁翅下的流雲。

如今思念起雁羣來，祇有在逐漸煙黃的畫裡看了！流年如水，久困都城，人會不會像故事裡的傷雁，飽食終日，而振翅難翔呢？我是一隻醒著的悲鴻，夜鳴於海上，該不會因示警的啼聲，受雁羣怨啄罷？明天，我們當有更高更遠的行程，當羣雁北返時，一路都將響起冰河解凍的聲音，若眞人生如雁，活著，必將長翔！

——六十五年八月・台北市

廟

五歲或是六歲罷？家人便帶我到北街的大廟裡去，廟很古老，也很大，雄踞在山門口的韋陀，足有兩丈多高，廟牆是用前朝的古磚砌的，比一般的青磚大上一倍，廊房邊有口石砌的六角井，正殿前面，有兩棵相峙的梧桐，掌大的葉子碧綠透明，使整個天井都綠陰陰的，人打樹下走過，能染綠衣裳。

正殿寬廣的廊後，展著一列雕花的紙糊格扇，看上去既整齊，又有氣派，那是在傖寒小鎮上很難見著的，正殿那間開敞著，在屋外可以看見高高的神龕，兩邊斜吊起黃色的布幔，幔後端坐戴冕旒的玉皇，朝西經過一道圓門，也有座大殿叫做西殿，一排五間相通的殿堂，供奉的神佛很多，有如來、觀音、十八尊羅漢、眼光菩薩、送子娘娘、東嶽帝君、南極壽星和腳踏龜龍蛇的北極玄武大帝。

兩殿都點燃著終年不熄的、荷花形的長明燈。

北方的廟宇，在建築形式上注重古樸，很難看到鮮麗的色彩，高高的脊頂，雕立著搶珠的龍，小小的塔和怪異的獅獸、麒麟、虎、象之類的動物，瓦壠間，滿生著絨苔、粒苔和塔形的瓦松，灰裡帶著肉紅色，更能襯映出廟宇的莊嚴。

天帝生日那天正逢廟會，廟裡擠滿了奉香上供的善男信女，廟外的攤位擺成好幾條臨時的街市，賣香燭的、賣吃食的、賣水果的，還有些走江湖的藝人也趕來湊熱鬧，有耍刀弄棒賣膏藥的、唱獨角戲的、揹著竹架賣唱本的、玩黃雀抽籤的、演木偶戲和扯開嗓子唱著拉洋片的，除此之外，各鄉鎮都敲鑼打鼓的差出會班子，到廟前來爭奇鬥勝，撐旱船、踩高蹺、耍小驢、玩石滾子、舞獅舞龍，都佔全了。

不孕的婦人們，綉了整套的小衣小鞋，親自掛在送子娘娘木雕的手上，害眼病的姑娘們買了眼光靈符，貼得眼光菩薩像多穿了一套紙衣，據說單是一次廟會，住持和尚所收的香火費，就足夠廟裡一整年的開支了。

廟裡住持淮和尚，經常出門為人作法事，有時是上供還願的人家請去誦經，有時為人放燄口，幾個小和尚挑著法器擔子，一路吱咯吱咯響，一聽著，就知有熱鬧看了！放燄口時，長桌連接著，高疊成塔形，一路放置著豐盛的供品，淮和尚穿著紅色帶金線的袈裟，高踞在桌頂的背椅上，領著排列在兩邊的僧侶們誦經。最能吸引人的，倒不是法器聲和誦經聲，而是重重垂掛的繡簾，和各種式樣的彩色琉璃燈。

我後來常到那廟裡去，秋天，梧桐結子，那些飄落的桐殼，可以縫綴成很好看的桐雀，而且，桐子吃起來極有滋味，勝過葵花子和落花生。

戰亂來時，離家避難到鄉野上去，再難見到那種有規模的廟宇了，不過，各種樣的土地廟倒都見過了，有些較爲富足的村落，土地廟是磚牆瓦頂，裡面有神龕，有土地公和土地婆的塑像，神台前面能容得三幾個乞丐留宿。有些貧苦的村落，土地廟已經不算廟，祇是一口倒覆著的破瓦缸，缸壁上貼著一張褪色的紅紙，下面寫著「當方土地神位」的字樣，連香爐和燭台都是用紅薯刻的，缸前缸後，荒草迷離，使人很爲忍飢挨餓的神祇難受，彷彿神和人都是命運相連的了。

浪途中，廟宇是使人得以聊避風雨的地方，我曾經多次做過廟廊下的寄客，聽過無數晨鐘暮鼓和敲擊木魚的誦經聲。一年在江南的一座荒城裡，我寄居於一個已忘卻名字的小廟，過了整整一個春天，那廟宇臨著河，周圍都是樹木。烽火在遠方怒燃著，而廟裡寂靜得彷彿是另一個世界，據說連住持都托缽雲遊去了，祇留下一個看廟的老者，那個半聾半瞎的老人，成天呆坐著，一言不發，早不撞鐘，暮不響鼓，廟裡成天也不見前來膜拜的香客，我在陰暗的廊房裡，寫了很多篇散文，總的題名叫「在浪途上」，多半是寫戰亂所思所見的，充滿青春的熱望和一些無告的悲酸。

我算不得是佛家的信徒，但多年浪跡的經歷，使我和廟宇結緣，因而，對廟宇也就產生了一份特殊的情感，我深受著那些荒山古廟，愛那種莊穆祥和的氣氛，不一定是出家人參禪悟道，即使一般遊客，在那種寧靜的環境中，也會憬然而生慕道之心。可惜此間多數廟宇，非屬僧團，無藏經，無典籍，或開放爲遊覽區，靠如織的遊客奉獻之資維活，所斂錢財，並未用於社會福利及慈善事業，這等的廟宇，在我眼裡，似乎尚不及一口破瓦缸的土地廟，那種寒傖小廟，至少還顯出濃郁的、虔敬的人情。嗟乎人的貪慾不除，禪機難悟，青燈古壁，祇怕仍是牢籠罷？

無論如何，廟宇林立的島上，總標示出民間自由的信仰，你可以朝山拜廟，可以奉香求禱，可以瀏覽觀光，或自久遠年月的建築中，發思古的幽情，但夢中的北國呢？抗戰期間，日軍縱火焚廟的消息，已時有所聞，及後破舊批孔，更以毀廟爲能事，甚至焚火神於火，投龍王於江，把無產無業的土地爺那口破瓦缸也砸爛了！……一個不見廟宇的中國，焉得不戾氣沖天，毫無和樂呢！

把我的懷念投向往昔時空，端的是欲寄無從了！早年我所見過的廟宇，如今還能覓得一塊殘磚，一片碎瓦麼？人爲的浩劫，從歷史裡跳出來，輪現在這世代人們的經歷當中，我倒盼望能有那麼一座廟宇，將歷朝歷代的亂臣賊子，放在刀山劍林，油鍋炮烙的活地獄中，使他們死後，也領略自作自受的滋味，也許這幅新「地獄圖」，會使下一代人活得清明和安然呢！

——六十五年十月・台北市

梧桐

浮居島隅，有許多年沒見過梧桐了；這種溫帶的落葉喬木，童年時常在北方見到；古廟裡，寬廣的宅院裡，或是村落的井湄，都是種植梧桐的好地方。由於梧桐的成長速度比較緩慢，從種植到成材，得要好幾十年的時光，幾乎相等於一個人的一生；因此，一般人多把它當成名貴的樹木；更因桐苗得之不易，養護較難，成長後枝柯伸展，遮蔭面很廣，所以，多半是採取單株種植或雙株種植，絕少密綿成林的。梧桐的木質堅硬而富彈性，極適合製作名貴的樂器，但種植梧桐的人家，極不願砍伐一株生長多年的梧桐出售，因而它的觀賞價值，遠超過它的實用價值，桐琴之所以名貴，和桐木的難求怕有很大的關係罷？

記憶裡的梧桐，是高大軒朗，異常潔淨的，它的枝幹，渾圓而挺直，樹身細緻潤澤，微呈灰青色，有著極細的橫紋，它的枝椏在半空伸展，圓圓的葉蔭，傘覆著寬大的庭院，巴掌大的桐葉疏密有致，呈透明透亮的碧綠色，仰臉去望時，那種透明的碧色使每片葉子的脈絡都清楚的顯露在人的眼底；這種顏色的深淺，是隨著陰雨晴晦的天氣而變化的，它隨光流滴下來，暈染了地面；人在桐蔭下走過，臉上和身上，也都會染上那種光色；它使人的心，也被幽光所染，自覺開朗平和，詩情滿溢，無怪歷代詩人和詞家，常對它發出衷心的吟讚了。

故鄉北街的古廟裡，植有兩株梧桐，分立在東西廊院間，據傳都有百年以上的樹齡。樹身粗圓足可合抱，主幹挺拔有五六丈高；它不像其他枝葉繁密的樹木，葉子邊生邊落，也不像其它的老樹，根鬚盤突地面之上，樹身又多孔穴，讓蛇蟲之屬有藏身之地：樹下光軒潔淨，是最好的休憩納涼的地方，圍繞桐蔭間的那股幽寧氣氛，更有助於人們展放思維，參悟人生；僧侶們愛在廟中植桐，想必有些緣由的了？易經曾勉人「與四時合其序」，一個人在仰視桐木時，當能想及它確是和時序明顯融和的典型喬木罷？……春來時，梧桐的新葉初茁，彷彿是一簇簇豎起聽風的、精靈的圓耳，逐漸在駘蕩的春風中展放開來，燒成一把活生生的綠火；夏日裡，桐葉長成，為人們遮蔭，很少有病葉及早離枝的，也就無須煩人去辛勤打掃了。

桐葉辭枝，要比榆柳慢得多，直到秋深時分，白露為霜，它們才相率變黃，片片飄落，那些豔黃色的隨風蝶舞的桐葉，美得像一首秋歌；許多人都珍愛著，把它們撿拾回去作為書籤，更在葉面留下字跡，標明是哪年秋天拾得的。

有人頌讚梧桐是最富秋意的喬木，和蕭蕭的白楊相較，各具不同的情趣，而我在感情上，毋寧是偏愛無聲的、寂寞的梧桐，它要比作響的楊鈴，更能引人步入深邃的秋境。

早在夏秋之際，梧桐的圓葉間，便抽放在一串串淡黃色的桐花來，那是無數密集的小顆粒組成的，有一種淡淡香香氣味。桐花轉褐，又生出耳形的桐殼來，排排豆粒大的梧桐子，就生在桐殼的邊緣。桐葉飄落時，桐花和桐殼也跟著飄落下來，人們拾得桐殼，把它們合綴成桐花鳳；合綴的方法簡易，連孩子們都會，——把兩片梧桐殼合成鳳凰的身體，用桐子嵌成兩眼，再用桐花穗兒做成鳳凰的長尾就成了。凡有梧桐的地方，一般人家的窗角上，都立有這種栩栩如生的桐花鳳，看來眞的像是鳳凰。

表姊教我合綴桐鳳時，爲我講述過民間的傳說，說梧桐是世上的名木，鳳凰是天上的靈禽，鳳凰飛至人間，最愛棲停在梧桐樹上，桐樹感染仙禽的靈氣，才結成桐子，開出桐花，使人們能將它合成鳳凰的形象，插在窗角上。當時祇覺這些傳說神奇有趣，也許祇緣於一種巧合，過後讀至「良禽擇木而棲，賢臣擇主而事」句，頓悟此類聽來彷彿荒邈的傳言，也和我中華文化道統融契無間，它祇是藉著傳言，感染人心罷了！

在童年，我和梧桐共擁過美好的秋天。豆大的梧桐子，無論生吃或炒熟了吃，都美味可口，齒頰留香；書頁間夾著的桐葉，豔麗如詩，更能喚起人對曾經擁有過的時光的回憶。不止一次，我夢過窗角上的桐雀，化成眞的鳳凰，破窗而出，在高空中翔舞著，飛向遙遠的星辰。

古廟裡的那兩株梧桐，抗戰期間被日軍砍伐了，不久，廟宇也毀於炮火，成爲一片瓦礫，我離家避難，再回到刼後的故園時，曾在廢墟間久久徘徊，默對著迷離的蔓草和一片斜陽，有著無盡滄桑的感嘆。

眞的有許多年沒見過梧桐了！夜坐燈前，讀詩誦詞，每當讀到有關梧桐的吟詠時，心裡便浮現出梧桐的影廓來。在少不更事的年歲，不知在新茁梧桐葉簇間翹首遙迎如鈎的春月，也不懂得品嘗秋雨梧桐的凄遲況味，但我對梧桐的愛戀，卻是那樣眞摯，那樣深切，時常想著它，一如想著闊別的故人。

一年，聽說山裡有一種叫做泡桐的樹種，蔚然成林，我爲此專程跋涉深山，卻失望而返；泡桐既沒有梧桐那樣挺拔，又缺乏梧桐所具有的詩情。

前些日子，路過中部山區，在一處果園的竹籬上，竟然看到一塊寫著「本園備有梧桐樹苗，廉價出售」的木牌，當時我確曾有一種衝動，想躍下車去叩擊柴扉，拜訪那果園的主人，看一看他所出售的，是否是眞的梧桐樹？但正當瞬間的意念在心頭搖曳之際，滾馳的車輛已把我帶走了。

如今想來，我所愛的何止是一株詩意的梧桐呢？生存在這種年代，誰能再守著梧桐望月或是聽雨？即使購得桐苗又如何呢？小院狹隘，祇能暫時養些盆景，根本無法種植梧桐的，豈況守著異地的梧桐原非本願呢！

——六十五年十二月・台北市

沼澤

曠野上的沼澤是一隻望天的眼，沼面廣大，水很清淺，不像湖泊那樣興波湧浪。平如明鏡的水面上，映著天光雲影，彷彿把高天和曠野就那樣無聲的融契起來，帶給人如歌的記憶。

那片沼澤在外祖母家的宅外，三面圍繞著小小的村莊，形狀像一隻荷囊，而貫通沼澤的靈溪便是它拖垂的穗帶了。靈溪上有座獨孔拱背的小石橋，叫做卞家橋，橋兩邊種植無數垂柳，一直迤邐到沼岸邊。密扎的水蘆葦，開紫花的水蜈蚣，性溼的觀音柳，把沼岸圍住，使那邊沼澤顯得格外的幽靜寧和。

五歲或六歲的時候罷？母親帶我到那兒去過夏天，我便癡迷的愛上了那片沼澤了。澤地附近都是林叢，有些古老的大樹，樹杪直向天空，要仰痠頸項才望得見樹梢，林裡的鳥鳴聲從早到晚的流轉著，彷彿在快樂的說些什麼，有些水鳥在蘆叢間築巢，不時響著拍翅聲。沼邊茂密的草地上，散牧著羊羣，近沼的泥塘，則是耕牛飲水酣臥的地方。

村裡的雞鴨和白鵝，也都喜歡沼澤，草地上的蚱蜢和小蟲，是雞羣最愛的食料，淺水的水藻中的小魚小蝦，更使鴨和鵝養得透肥。村人們割取觀音柳，剝去皮，編織成筐籃之類的用具，成熟的蘆葦，更是編蓆的材料。

我並不關心成人們怎樣利用這片沼澤去增加他們的收益，我們眼裡，沼澤自有它特殊的奧祕。近沼處的林叢間，蟬聲非常繁密，樹枝上到處都爬著蟬，樹幹上常有蟬脫下的殼，我們採摘蘆葦的長稈，一端黏上洗妥的麵筋，用以捕蟬，把那些鳴蟬放在布囊裡，輕輕拍動，牠們便大聲聒噪起來。白天捕蟬還不夠，夜晚更拎著燈籠，去捕捉那些蟬的幼蟲，有時牠們剛爬出洞穴，有時牠們正爬到樹幹上去脫殼，初脫殼的幼蟬，渾身是乳白色，翅膀也很柔軟，很容易捉著。蟬的幼蟲，放在竹筒裡，加鹽醃起來，是最美味的佐餐小菜。

有時騎在彎柳背上，去認識沼澤，也充滿奇趣；沼裡的浮萍有很多種類，像大葉的金錢萍、四葉萍、雙葉萍，開出星星點點白花的水茭菱等等，藻類和浮萍一樣，有松形藻、帶形藻，曲折而剛硬的黑藻……。

除了萍和藻，更遠的沼面上，浮著田田的菱葉，葉間開著紫紅色的菱花，另有一種當地盛產的水中植物，葉子大如睡蓮葉，俗稱雞頭，因爲它探出水面的果實，有些像昂首的雞，裡面的果粒，味如蓮子，不過形狀略圓，粉質略多罷了。村人採菱和摘取雞頭，並不用船，祇用大型的圓形木桶，一個人端坐在裡面，以手當槳，緩緩划動去採摘，偶爾也哼唱些愛哼愛唱的鄉土俚俗的曲子，表示出他們內心的欣悅。

喜水的蜻蜓在沼上飛來飛去，牠們祇爲捕捉昆蟲和水蟲爲食，才會顯得那樣忙碌，一種體型很大的麻蜻蜓固然常常見著，還有些體型略小的蜻蜓，穿的卻是各種不同顏色的衣裳，有純紅的、紫紅的、淺褐的、金黃的、土黃帶綠的多種，還有些體型極爲細瘦，和蜻蜓相似的昆蟲，後來才知那叫夢蝶。

近岸的淺水裡，還有更多奇異的水昆蟲生長着，一種是浮躍在水上的多足昆蟲，俗稱賣鹽的，牠的足點在水面上，形狀像是細瘦的蜘蛛，也有人叫牠水蜘蛛的，牠的身體那樣輕盈敏活，能把水面當成路走，祇要把足尖發力一點水面，身體便箭也似的飛射開去。

蝌蚪當然是常見的，那些蛙和蛤蟆的幼蟲們，多得使岸邊變黑，從拖尾的，到生出後面雙足的，到四足生全，尾部消失的都有，那些幼蛙離水上岸，到處跳躍著，幾乎使人不敢輕易落足，但牠們大多填進雞鴨的肚子，躲過重重劫難長成的，不過千中之一罷了。

另一種俗名香瓜蟲的水昆蟲，淺沼裡也很多，牠的形狀和陸上的瓢蟲差不多，祇是背部呈灰褐色，沒有花紋，但牠的身體上，發出一種很好聞的香氣，近乎成熟的香瓜味道，那也許就是牠們被稱爲香瓜蟲的緣故了。據村裡孩子說：香瓜蟲可以捉來生吃，味道香香甜甜的，但我卻從沒嘗試過。

一般說來，沼澤是安靜的，祇有鼓噪的蛙聲，偶爾有一聲魚躍，和游泳的鵝鴨的鳴叫。青蛙在白天不常鳴叫，偶爾閣閣的叫幾聲便停歇了，牠們的衣裳大不相同，有的一色青，有的背上有不同的花紋，黃的，褐色的，茶綠色的都有，牠們有的端坐在菱葉上，安閒的晒著太陽，有的以很舒適的姿態，在水中伸展著肢體，衹把嘴和鼻露在水面上，村裡有人來釣魚，卻沒人來捕蛙，孩子們都會唱那首謠歌：

閣閣閣，閣閣閣，

不吃稻米不吃穀，

苦苦捉我爲什麼？

由此可見，在旁的地方，捕蛙供人果腹的事還是很多，才會有這種悲憫性的謠歌，替蛙類鳴冤罷？

沼裡也是養魚的魚場，村人們平常不用魚網去捕魚，他們在沼澤邊近水處壘起土堤，留有缺口，使它變爲一塊一塊和沼澤相連的池塘，每年歲末，他們在魚塘裡下餌，把魚羣誘進來，然後封住缺口，使它和沼澤完全隔絕，再使用扣有繩索的木桶，合兩人之力，把塘水一桶桶的傾進沼澤去，直到塘水舀乾，魚羣被捕盡，再掘開缺口，放進沼澤裡的水，使它恢復原狀，這種方法，俗稱戽魚，是最吃力也最徹底的捕魚方法，被鄉下人普遍使用著。

春夏之間，地氣上升，近沼地帶，熱溼蒸騰出一股似煙似霧的光景來，隔著它望任何物體，都漾晃著，浮現出水紋般的景象，在地氣濃密的地方呼喚著人，聲音也帶著波浪，一波一波的傳到遠方去，直至天邊撞來同樣的回聲。我和表姊常在清晨出門，到沼邊的灌木叢裡去撿取鳥蛋，有時也會撿到雞和鵝所生的蛋。

清晨和黃昏，如鏡的沼面上映著霞影霞光，彷彿天和地都在燒著嫣紅的火，沼澤美得更像一幅色澤濃郁的彩畫，畫裡曾映過我童年無憂的面貌。

一夜，我們在澤邊燃著火，佩著裝滿螢火蟲的紗囊，在火光和月色裡，玩著一種遊戲，假想世界祇是被沼澤圍住這麼大的一片野地，永遠有著火光和月光。在這個世界裡，人和人，人和物，都是親和的，互愛的，這是表姊提出來的幻想，我們都附和著。……那之後不久，戰亂的日子就來了，外祖母家約人來估樹，出賣了林子，沼澤失去蓊鬱的林叢圍繞，顯得光禿又荒涼了。及我離開家鄉，再沒到外祖母家去過，聽說外祖母逝世了，家宅也因無人看守，頹圮破落了。有時在異地看月懷鄉，想到童年所唱的謠歌：

搖呀搖呀，搖到外婆橋呀……

便禁不住的心泛潮溼，情懷黯然；那片小小的有情世界，早被炮火撕成碎片了，但它在我心裡，仍然是完整的；我存活一天，便會嚮往著那世界，並會去實踐，去尋求，好讓下一代人保有他們的夢。我不會忘懷那片望天的沼澤，澤面上飄浮著載過我童夢的紙船，生命不光是一種飄浮的美，童夢也有著它的莊嚴。

夏之雜拾

在屬於內陸性季候的北國，四季的特色極爲明顯，熱也熱得厲害，冷也冷得怕人，北方夏天的白晝，熱得像烘爐似的，連半空裡的雲片，都常被炎炎的烈日烤乾了，鄉下人形容三伏天，說是劃根火柴能使空氣燒起來，說是若把一堆雞蛋放進禾田，能孵得出一窩小雞，眞正經過那種炎熱的，會認爲這種形容毫不誇張，每一個白晝，太陽蒸蔚著，地面熱得燙死螞蟻，柳條兒不動，伸手抓不著半絲風刺兒，連躲在蔭涼處的狗都拖出舌頭喘個不停，在每年的三伏天，常聽到路上有熱死人的傳聞，人們爲了躲避炎陽，把日常的工作都放在清晨和傍晚，正午心裡，太陽下面難得見著人影，放眼望出去，有些空寂的味道。

也許正因夏天白晝酷熱難當，才顯出夏夜的涼爽可愛來罷，太陽落山時，地面上雖然餘熱未消，但柳梢擺動，總算接上一絲絲微帶清涼的晚風了。

晚風使龜伏的人們添了生氣，紛紛搬椅子、拖凳子、拎涼茶，到戶外寬敞的地方納涼，不論是街頭巷尾，或是瓜棚豆架下面，到處都聽得見人聲和笑語，老年人啪噠啪噠的揮著芭蕉扇子，指著星空，爲孩子們講說許多神奇邈遠的故事，或是用徐緩的聲音，教孩子們習唱古老的兒歌、穆穆的星網、溶溶的月色下，洋溢著一片歡情。

納涼眞是一種享受，可不是？樹枒上掛著用玉蜀黍鬚搓成的火繩兒，既可點煙，又可驅蚊，愛好葉子煙的老人家，捏著長煙桿，一壁說話，一壁叭煙，煙鍋的紅火一閃一閃的照亮人的眼眉，好一陣涼風拂過，灌進人每根毛孔，使人覺得遍體通泰，精神也跟著抖擻起來，彷彿一伸手就能摘下幾粒星子當成燈點，這時刻，把前朝前代的事講得像眼見般的鮮活，也就不足爲奇啦！

厭於重複聽取老故事的孩子們，成羣結隊的喧嚷過來，有的頭上戴著西瓜皮或是柳枝編成的帽子，有的手裡拎著放滿螢火蟲的紗囊，從這個人圈竄到那個人圈，而胡琴流響的聲音，總是徐緩低沉的，充滿逍遙閒散的意味，連哼出的歌也有著慵慵的夢意。

有人端著煤油罩燈，沿著古老的磚牆走，一看就知道他們是在捉蠍子。北方多產毒蠍，可能和房舍的古老有關，那些多洞穴的磚壁縫隙裡，是毒蠍最好的寄生之處，蠍的繁衍力極強，尤當夏季，四出活動，經常螫傷人畜，中醫利用蠍的毒性，製成藥材，因此，夏夜端著煤燈捉蠍子，就變成一種副業了。

捉蠍多半由兩個人合作，一個人端著燈，沿牆照著，另一個人拿著玻璃瓶和一雙竹筷，把出現在牆壁上的毒蠍，夾放到瓶裡去，通常一個夜晚能捉到幾十隻大大小小的毒蠍，賣給藥鋪去做藥。……溫寂的夏夜，幽幽的燈火，仍在記憶裡亮著，使人有說不出的緬懷。

想到夏夜納涼，不由就會想起那許多形式不同的扇子來；通常習見的是芭蕉扇，並不輕巧，但很實用，由於那種扇子太普遍，容易摸錯，一般人買來後，都會請人寫些詩詞在上面，詩和詞多是自編的，非常淺俗，像「扇子搧涼風，日日在手中，有人向我借，不中又不中」之類的，雖然不登大雅，卻別有鄉野的情趣。

另一種用蒲草編成的蒲葉扇也很多，當然也免不了題詩其上，作爲標記了；鄉下人更會用精選的麥稭編成很精緻的圓扇，形式和花紋都很美妙，索價也並不甚高，但用那種扇子搧風，卻不如芭蕉扇遠甚。

鵝毛扇、紙扇和紗扇，多半是婦女們使用的，而摺扇則是城鎮上混事的漢子們習慣使用的，這種扇子，早先製作極爲考究，扇面繪著圖畫或是題有詩詞，按理說，文人雅士多會樂用它，但後來扇面的詩畫都是坊間印妥的，一樣流於淺俗，而使用它的人，霍的一聲打開扇子，又霍的一聲收攏，手勢熟練而誇張，充滿粗魯的江湖氣味，像說書的、說相聲的，根本不是用它搧風，卻把它當成一種道具了。

至於昂貴的檀香木扇和古代的宮扇，當時祇是聽人傳誦，根本沒曾見過，及後翻閱那些繡像的坊本小說，看到過畫裡的宮娥們手執宮扇，約略知道那麼一點影廓罷了！在搧風的物品上用上那麼多的裝飾功夫，也許是我們這個民族生活藝術的一部分，在實用之外，還講究欣賞。

逢著太平年景，人們活得那麼自在消閒，凡事覓一份生活的情趣又有何不妥呢？歷史上的諸葛武侯，即使在征伐之際，不也是羽扇綸巾，逍遙自得麼？這些煙雲般的故事，也是搖著扇子的老年人講給我的。

推屎蜣螂是夏天最活躍的一種蟲子，因爲牠專靠推屎蛋兒，打地洞過日子，使人們見著牠就皺起眉毛，捏起鼻子，表示出憎厭來。

牠的體形比知了還大，一身硬而粗厚的黑甲，透著一股很難聞的臭味，白天，牠們找到人的糞便，用頭拚命的去推動它，把糞便推成圓球形，再打洞埋進去，好在糞球上產卵，到了夏夜，牠們張開甲殼，抖開軟翅，在低空飛舞著，甲殼破空，發出很響的聲音。夏夜納涼時，經常遇上牠們，那種嗚嗚作響的飛行聲，常打擾人們的談話。

我們做孩子的，把牠當成有趣的玩物，一當捉到推屎蜣蜋，我們便會用彩線拴在牠的腿上，線端墜著硬紙片，或是用一枝火柴棒，插到牠頸項的硬甲下面，這樣，牠便受制於人，祇會繞著固定的圓圈而無法逃走了。

北方炎熱的夏季，在人的感覺裡是很長的，事實上，天氣也並非是那麼一成不變的炎熱，有時候會颳狂風，起雷雨，銅錢大的雨點鞭刷著，把沙灰地打出許多麻粒似的窪洞來，有時落冰雹和雪采兒，大的雹粒有拇指大，能打死屋外的牲畜，至於發大水、鬧蝗災，更是習見的事情。有許多神奇的傳言，像龍起蛟和蝗蟲神之類的故事，也就跟著傳播開去，講的人言之鑿鑿，不由不使人信以爲眞，硬說它荒邈無稽麼？如今卻連想聽也聽不著了。

記憶裡的北方之夏，有如錦的豐繁，把若干星零的印象拼合起來，便能看得出古老斑剝的生活的顏面，彷彿那就是大地的臉孔，我在燈下捕捉這些時，心上飄浮著一種歌聲，不成曲調的童歌，自有它的眞純罷？輪移的季節是不會有什麼變化的，誰知道那片土地和地上活著的人們如今又怎樣了呢？……天塌地陷的感覺襲來時，使人分外想到煉石補天的女媧來了。

——六十五年十二月・台北市

七夕閒話

你可曾在星光皎潔的初秋夜晚，推開一角小窗，去看那緲遠無際的星空？你可曾在籠霧的銀河兩岸，找到那兩顆傳說得最多的星星，——織女和牽牛郎？

在中國，幾乎每個孩童，都聽過那美麗悽豔的故事，織女和牛郎永恆的愛情，感動過無數的心靈，人間為這銀漢雙星，定下一個紀念的節日，那就是七夕，傳說是織女和牛郎每年一度相會的日子。

七夕，俗稱巧夕，在民間的節慶當中，是一個多采多姿、非常有趣的節日，早在漢代初頁，已經有七夕雙星會鵲橋的傳說了。

孩子們在端午節佩上的彩絨，都要在七夕那天剪下來，拋到屋頂上去，並且希望鵲鳥飛來，把彩絨啣了去搭成鵲橋，讓隔岸相思的雙星，能夠渡橋來相會，可見民間盼望有情人團圓的心意，是多麼的濃烈，連天上的神仙，都在他們關心之列呢。

傳說織女星原是天帝最憐愛的女兒，也是最靈巧聰慧的仙女，有人把七夕稱為乞巧節，當然也含有向仙女乞巧的意思，比如說：七月七，看巧雲，據說一般笨呆的孩子，看了高天流變的巧雲，能啓發心智，添巧去拙的。

很多婦女，爲了慶賀巧節，會用麵粉揉捏成各式的花鳥蟲魚形狀，蒸成彩果，叫做巧花巧果，分贈給親友食用，她們更搗鳳仙花汁，塗染指甲，希望纖纖玉手，都變成織女般的巧手。

七夕夜晚的情景，最是熱鬧啦，很多人家，都在庭院裡架設小小的鵲橋，供桌上呈列瓜果呀，花和酒呀，針線呀，有人用水盂漂針，說誰能使針浮在水面上，誰就得巧了。

焚著檀香，燃著荷花燈，一家人坐在庭院裡，望著遙遙的銀河，尋覓即將相會的雙星，做孩子的玩著七巧板，吃著巧果，希望藉著仙女的幫助，將來都變成聰明的人，想想，是多麼有趣的事啊。

中國的地方廣大，慶祝巧夕的名目繁多，有人搭成彩樓，七夕那天，捉一隻蟢子（狀如蜘蛛，善結網。）放在裡面，如果蟢子在彩樓裡結成了網，就算得巧。也有人借日影驗巧的，方法是把針浮在水盂上，日映針影落在盂底，有時像雲朵，有時像花鳥，有時像剪刀和鞋，也算是得巧，如果針影木槌、細絲……那就證明漂針的是拙人，仙女也很難幫助他了。

也許現代的社會越來越忙碌罷，除了年節，端午和中秋三大節日，還勉強應景，其餘的節日，都在匆忙中草草的度過，有許多孩子，恐怕連七夕的故事也沒曾聽過，那多可惜啊！尤其是有趣的巧節，算是孩子們最愛的節日，做家長的，能讓孩子們認識星星，認識雲朵，聽聽美麗的神話傳說，對開啓他們的智慧，是有極大幫助的。

我在做孩子的時刻，原是極爲笨拙的人，但七夕的情境，始終存留在我的記憶中，溫暖並且激發著我，使我這枝筆，還能寫下一些什麼，獻給後來的孩子們，這裡面，有我美麗的夢和嚮往。

宋朝著名的詩人秦觀，有一首詩這樣寫著：

天風吹月入闌干，
烏雀無聲子夜閒，
織女明星來枕上，
了知身不在人間。

如果你在七夕仰望銀漢的雙星，望著也想著，你也會心生雙翼，飛過浮雲，在如水的碧空裡遨遊，和牛郎織女做朋友呢，不信麼？那天夜晚，你試試就知道了！

——七月廿五日晨·台北市

蠶

孩子們不知從哪兒找到幾粒噴在紙上的蠶卵，養起蠶來了；他們要上學，要忙著做功課，幾乎找不出時間去採桑餵蠶。家宅靠近郊野的山麓，樹林茂密，看上去蓊蓊鬱鬱的一片，但其中很難找到一株桑樹。孩子爲了養蠶，竟然經常天不亮時就起床上山去尋找桑葉，他們居然能找回一疊小得可憐的桑葉來，維持著蠶寶寶的生命。

由於桑葉難求，他們每找著一株小桑樹，便像尋著寶物一樣，更用溼毛巾把採得的桑葉包裹著，恐怕葉片的水分乾掉。

他們把蠶養在一隻打了孔的鞋盒裡，一共不過六七隻的樣子，每天晚上，都捧在燈下，像看西洋景兒似的。蠶打眠了，他們不懂，竟然以爲牠們不動不食，一定是生了病了！我不得不告訴他們：一隻蠶從初出生到上架結繭，要經過四度眠期，每眠一次，牠們的身體就長大幾分，通常，一條成長的蠶，有小指般粗大，當牠們的身體由青白色逐漸轉爲黃白色，頸下透明，便是上架結繭的時候了。

孩子們飼養的那幾隻蠶，到四眠時，僅賸下三隻！也許桑葉沒有吃足，發育不良，並沒有我形容的那麼大；我撕了些硬紙板，爲牠們做成繭山，那三隻蠶分別的吐絲作繭了，繭是結了三個，一個小得像大拇指頭，一個是扁平不規則的變形繭，另一個吐盡了絲，因爲絲太少，繭子薄得像透明的紗帳，放在掌心軟軟的；饒是這樣，孩子們還很高興，他們總算親手養了蠶了。

在燈前看著蠶繭，我的思緒很自然的飄回往昔，憶起童年時陪著母親育蠶的光景，沉沉的感觸，鬱鬱的惆悵，一剎時便塞滿心底。

抗戰前，北國鄉野是承平的，政府注重發展農業，鼓勵民間植桑育蠶，作爲農閒時重要的家庭副業，以增收益，淮河平原上，到處可見大片的桑林，除了原有的土桑，還引植低枝大葉的洋桑，每片桑葉大如葵扇，是飼蠶最佳的桑種。

春來後不久，沿街便有人叫賣蠶紙的了。那些蠶紙，多是地方設立的蠶業實驗所的產品，每張硬紙有十六開小報那麼大，紙上印有廿四個藍線打成的方格兒，每個方格兒裡，有一個杯口大的黑色蠶卵密佈成的圓圈。

凡對育蠶有經驗的人家，都能按照他們家宅能騰出的空間的大小，粗略計算出能育一張紙或兩張紙的幼蠶，因爲幼蠶不佔多少面積，要以四眠時成蠶的體積來計算。

我們家宅的空間很大，母親又有餘閒，所以一季蠶也養得比別家比多些。爲了育蠶，買了許多號碼不同的大小竹扁，幼蠶在蠶紙上孵出來，小得像針尖一樣，輕輕蠕動著，得用鵝毛掃把牠們掃落鋪妥剪碎桑葉的竹匾裡，放在層層疊起的木架上。

幼蠶的食桑量不多，但桑葉採來必須剪碎，定時敷放在匾上供牠們食用，蠶的生長極快，食桑量愈到後來愈會大量的增加，育蠶的人家，也會跟著加倍的忙碌起來，蠶要專人整天的照顧，按時添桑葉。由於蠶性愛清潔，每隔幾天，按牠們體形的成長，要把牠們換匾，分匾，使每匾蠶都保持一種適宜的密度，換匾後所積的蠶糞，俗稱蠶沙，是極好的天然肥料之一，通常把它積聚成袋，留著肥田或是出售。

至於蠶的唯一食料——桑葉，一般多由自己到郊野去採摘，到了蠶過三眠之後，食桑量大增，自採的桑葉不夠用了，才會去買採桑人叫賣的桑葉。

母親每年春秋兩季都育蠶，很快的，我便成爲她熱心的小助手了。在將近一個多月的育蠶期中，舉凡飼桑，分匾、換匾、清蠶沙，背上竹簍到郊野去採桑，撿除蠶羣裡的僵蠶和病蠶，抱取芝麻稭搭成繭山，直到取繭，幾乎所有的工作我都能做，但這許多事情，不是一兩個人能做得了的，因此，每當育蠶季，她都請些親戚來幫忙。像南鄉的五姥姥，我的舅母和大表姊，都常來住在家裡幫忙。

平常沉寂無聲的宅子，鬱著古老陰森的氣氛，一旦來了這些親戚，就顯得熱鬧多了，蠶寶寶是那樣白胖可愛，人可比蠶更可愛了。

記憶裡的五姥姥，是個瘦小的老婆婆，頭髮稀稀的，幾乎挽不起髻來，祇能草草窩成一個小圓疙瘩，歪墜在後腦窩上。甭看她年紀老了，精神足得很，耳不聾眼不花的，有許多隔了多年的瑣事，她都記得很清楚，說起故事和笑話來，能逗得一屋子人的精神，她一面守著蠶，一面談談說說的破悶，一副樂在其中的樣子。

舅母看起來很年輕，一張溫和的白臉，在感覺裡彷彿是掛在天上的圓月，她娘家在大城裡，儘管嫁到鄉下來多年了，一舉一動，仍帶著一股城裡人的稚氣，她做起事來，慢條斯理的，但卻極有耐心，她一面守著蠶，一面做著針線，夜晚來時，輕柔如絮的東風帶來透窗的沁涼，靜寂裡響著春蠶食葉的聲音，沙沙的，會使人疑爲雨聲。

採桑的工作，通常由我大表姊去做，那也是我們極樂意做的事，春天的郊野花紅柳綠的，煙迷迷的林子裡，流囀著鳥的啼聲，我們一大早就挽著桑籃，踏著露珠去尋找桑樹，有些低枝的桑樹，不必爬上去採摘桑葉，祇要使用長長的採桑鈎子，鈎壓枝條，站在地上採摘就好，有些很高的桑樹，我必得爬上樹去，採了桑葉，讓大表姊用桑籃去接。

養蠶的人家很多，到郊野上採桑的人也成羣成陣的，大家一面採桑，一面唱著民歌，別有一種熱鬧的光景，在日益久遠的記憶裡，化爲一片如水的溫柔。

盼著蠶眠，盼著牠們上繭山，繭山上結出纍纍的蠶繭來，心裡那份快樂，實在難以形容，通常蠶繭多是純白色的，但偶爾也見到別的顏色，像金黃色、醬黃色、粉紅色、淡綠色的繭，我們會把它當成珍品，由大表姊小心翼翼的把它們做成一朵朵複瓣的繭花，有些當成她的髮飾，有些插在窗角花櫺上。

一笆斗一笆斗的蠶繭，賣到隔鄰的絲貨鋪去，他們便立即用以抽絲了，抽絲煮繭的鐵鍋是頭號大鍋，鍋台下燒著劈柴火，一端的木架上，橫置著好幾隻六角形的絲絡子，抽絲的師傅踏動踏板，絲絡子便碌碌的旋轉起來，他手裡拿著兩枝長長的筷形木棒，不停攪動傾入鍋中的蠶繭，繭絲便被攪出來，纏在木棒的尖端，他再把那些絲引接到旋動的絲絡上去。

絲抽光了，褐色的蠶蛹便浮在沸水上，另有助手用漏杓舀出牠們，放在木桶裡，新鮮的蠶蛹，是美味的菜餚，用醬油麻油等佐料拌了吃，非常可口，如果把牠們晒乾，加鹽和胡椒粉炒了吃，更是別有風味。

這些初次抽在絲絡上的絲，亂而硬，俗稱生絲，必須再經加工和煮染，才會變爲織用的熟絲或是五顏六色的絲線。

每次賣繭時，我們都會留下一些繭來，等繭中的蠶蛹變成蠶蛾了，咬破繭殼出來，公母交配，使母蛾產卵，我們也使用硬紙板，把產卵的母蛾罩在玻璃杯下面，使牠們產的卵聚佈成一圈圈圓形，這種自製的蠶紙俗稱土蠶紙，孵化率較低些，但照樣可以作爲下一季育蠶之用。

童年的門在戰亂中關上，身後一切的光景，都祇能在記憶裡找尋了，我多麼思戀著桑林遍布的故鄉原野，纍纍垂掛的桑椹，紫的，紅的，透著特殊的香味，我也常想起一朵朵豔麗的繭花，童年就是那麼的錦繡。

如今，五姥姥，母親和舅母，都早已辭世了，大表姊音訊全無，生死茫茫，我在島上憑窗獨坐著，一陣癡呆裡，竟憶及一闋詞的斷章……千里孤墳，何處訴淒涼？

而這份黯然的情懷，怎樣對孩子們去解說呢？有一天，當世道平靖，我仍願重拾耕讀桑麻的歲月，讓兒孫們能重拾我當年領略過的歡情。

——六十五年十月・臺北市

檢遺集

兒時所經歷的若干事物，由於時隔久遠，泰半無復記憶了。偶爾在燈下沉思，喚回一些印象，撿拾一些遺忘，心裡便有說不出的慰安。描摹那些古老的事物，究竟具有怎樣的意義呢？我祇明白那是我生命本體的一部分，它們都曾扶持我生長。

一、絞　臉

拐磨花盛放的黃昏，幾個婦人們坐在霞光裡，彼此絞臉，那也該說是修整面容罷。工具祇是一支環結的棉紗線，扭成三股兒，一股啣在嘴裡，另兩股分持在手上，利用線的擰絞，絞去對方臉額和髮鬢間的細小汗毛，使臉部顯得朗麗些，那時刻，鄉下的剃頭擔子和街上的剃頭店，都純做男人們的生意，婦女們祇有自己美容了。

而絞臉的事，唯有已婚的婦人們才做，鄉人把婦人稱爲開過臉的，至於沒出閣的閨女，一臉的細小汗毛，要等到出閣的時辰才能被絞臉。第一次絞臉，通常稱爲開臉，表示那之後，再不是黃花姑娘了！也許因爲閨女們不絞臉的緣故罷，黃毛丫頭的稱謂，想必有些因由的了。

無論替人絞臉的人技術有多高明，用伸縮扭絞的棉線，絞去臉上的汗毛，總不及剃刀輕刮那麼舒適罷？隨著美容術日新月異的增長，這種絞臉的事，如今早成爲絕響了。但我總懷念著她們黃昏聚集時，一面絞臉一面談笑的那種消閒和怡然。

二、剪花樣的婦人

無論在哪個季節，賣花樣的婦人，總會沿街或沿村叫賣著她所剪的花樣兒，不論是紅紙剪成的，喜氣洋溢的窗花，或是鞋頭花，襪底花，枕頭花和床披花，她都能迅速的按照對方的意思剪出來，桃花、櫻花、梅花、菊花，都是最習見的，畫龍，描鳳，觀音抱子，劉海戲金蟾，麒麟和獅虎，貓和兔，也全是人們比較熟悉的花樣兒。

剪花樣的婦人，通常祇挽著一隻編織精緻的細柳籃子，籃裡放著剪成的花樣本兒，一把小巧的剪刀和一疊白紙，如果揀現成的，那簡單，丟幾個銅子便能立時取得所要的花樣兒了；假如指定她現剪，價格略高些。剪花樣的婦人動起剪刀來，竟那麼熟悉，那麼靈巧，根本不用描樣，再依樣畫葫蘆的剪，她會直接把顧主所要的花樣，很快的用白紙剪出來。

我不懂爲什麼那年代裡的人們，怎麼會那麼喜歡描花繡朵？即使最貧最苦的人家，也不會丟開針線，有時候，刺繡是一門很好的行業，也許人們喜歡各式的花樣兒，和喜歡自然有關罷？如今姑娘們出嫁，講的是學歷品貌，那時刻，講溫順，講家事的勤惰和針線的出色與否？從精細的針線，也可以看出傳統性的生活教養來。

剪花婦的面貌很平庸，和北方一般婦女，沒有什麼顯著的不同，但她所剪的花樣，是那樣的均勻靈秀，她用纖巧的手指運剪時，各種花形花態，應剪而生，那會使人看得癡癡迷迷的，彷彿她不是在剪花，而是變一項神奇的魔術。她把各種花樣，帶進無數人家，同一種花樣，經過刺繡、配色，便顯出誰的精緻，誰的粗疏來，婦女比鞋頭，初婚的男人比襪底，已成爲一種自然的習慣，那片花的世界，使人久久緬懷著。

而那並非是縹緲的夢，剪花樣的婦人，確曾在這世界上活過。

三、表　姊

表姊和我相處在一起的日子並不多，她的臉廓我已經難以描摹了，她梳的是當時很流行的童話頭，額間垂著一排短而密的劉海，這我倒記得很清楚。

她大我五六歲，凡事都比我懂得多，她對比她小一截的孩子們很有耐心，也極和藹，除了領我們作功課，做遊戲，教我們唱歌，還教會我製作很多的玩意兒。

到郊野上去採摘大把的狗尾草，她能編成一隻毛茸茸的小狗；她會用木籤插起紫色的蠶豆花，做成一隻猴子；用圓形的地瓜片和成熟的扁豆莢，做成用線牽著滾動的車；會用麥管分出多叉型的吹管，吹著豆子跳舞，會用很熟練的手法玩瓦彈兒，一面玩著，一面柔聲的唱：

數頭城喲，數了頭城，到二城啦！……

舅母罵她上中學了，還樂著做小孩頭（即首領之意）。她不作聲，祇管露出整齊的牙齒笑，過後，她仍帶著我們玩更多更新鮮的事。用麥管編扇子，織涼帽，摺紙船，摺飛機和仙鶴，或是在夜晚的燈下打手影兒，說謎語讓我們猜……在我的感覺裡，她是多釆多姿的，凡是她教我們做的，無一不迷人。不過，過完暑假，她就離開我，到遠地上學去了。

當我更大些的時候，表姊又來家住過一段日子；她教我畫畫兒，編織叫哥哥的彩籠子，她更能用香煙盒製成六角形的匣子，那是飼養金鈴子用的。她逐漸的文雅起來，帶給我許多有趣的書本和畫冊，那些益智的少年讀物，經她詳細講解，使我獲得太多的益處。

不久，戰亂的風把我們吹開了，一直就沒再見過。抗戰時，聽說她在皖北，勝利後，她在東北聯大，我來台後，聽說她陷在東北的陰平。幾十年的歲月流轉，誰知她際遇如何？又流落何方呢？在早已關閉了的童年的黑門那邊，她曾是我心目裡的神，我怎樣也不會料想到，這一生當中，她祇留給我一個夢，一份永恆的懷念和感傷！

四、叫　賣

記憶裡的許多叫賣聲，仍在響著。一個賣水蘿蔔的挑著方形的擔子，擔裡放有一把把桃紅色的水蘿蔔、紫蘿蔔和透青的蘿蔔。那人個子瘦小，有一隻很紅又多孔的酒糟鼻子，喜歡和孩子說笑話，有些像京戲裡的白鼻子小丑，不過他的鼻子是紅通通的罷了。清早賣櫻桃的姑娘，聽說長得很標緻，但我從來沒有見過，祇常在初醒的朦朧中聽過她曼聲的叫喚，有波有浪，像一支曼妙的歌。賣豆腐乳的老頭是個異鄉人，他每天祇賣一籃子貨，籃子有蓋，裡面放了有格的圓形磁器，香乳、臭乳、香干、臭干、素雞，都分開放置著，他的動作緩慢沉穩，不喜歡開口說話，除了那種低沉粗濁、一成不變的叫賣聲，有關他的身世、經歷和過往的遭遇，他從沒有提過隻字，他是個孤獨又古怪的老人，幾十年來，我嘗過千家腐乳，沒有誰比他製作得更好。

夜更深沉時，賣胡椒辣湯的擔子出現了，玻璃方燈被熱霧蒸得暈暈的，辣湯的材料，以如今看來很尋常，也不過是豆腐、豬血、粉絲、蛋花和肉絲，但他調製的佐料很特別，又辣得恰到好處，賣辣湯的老鄭常常自誇他的辣湯是世上的珍品，當時我很難信服，不過，事隔半生，我仍記得那辣湯的滋味，足見他所言非虛了。

無論是清晨、午間和夜晚，叫賣者的聲音總常在街巷間流轉著，鏟刀磨剪的，補鍋釘碗的，賣花的，賣時新果蔬的，賣古物字畫的，賣各種吃食的，這些人多半是起五更睡半夜的苦人，還有更多在江湖上漂泊的人物，賣燈草的，賣碗碟的，挑著竹架賣唱本兒的，賣花刀花槍泥雞泥人的，叫賣聲飄過，有經驗的能立即分出這是老賣家，那是初出道的新手——因爲他們叫賣聲生硬，不自然，又帶著些不慣拋頭露面的羞怯。

不過，北方那些叫賣者，叫賣聲很夠藝術，有些音節軟柔，帶著特有的韻致，有些更美得像是曼聲的歌吟，賣麥芽糖的常用買一塊饒一塊，騙空我的口袋；吹糖人的，更能吹出各式各樣的糖人來引誘孩童。一次，我見他吹出一雙躺在鴉片榻上，瘦骨如柴的煙鬼夫妻，生動的表情和駭人的形象，使鎮上幾根老煙槍戒了煙。如今想來，他該算是極爲出色的民間藝術家，一面交易維生，兼能達到移風易俗的功能，那太難得了。

也許童年時和那許多叫賣者結緣的關係罷，如今我深夜為文，對在夜寒中以叫賣維生的人，特別有一種同情之感，即使不需要，也會喚住他們，買點兒什麼，藉此和他們談談，杜詩云：「安得樓臺廣廈千萬間，得庇天下寒士盡歡顏。」也許正是我當時心情的寫照罷！

但如今強捺門鈴，糾纏不去，或以錄音機加擴大器，以假貨騙人且大吹法螺的惡性叫賣者，比比皆是，正因此輩面目可憎，市儈氣習太濃，倒使人不得不慨然懷古了！

五、靈　像

瞑目想來，時光眞是奇妙，它輪輾過歲月，使人的記憶產生了巨大的變化，有些雖沒全然遺忘，但也逐漸轉為玄黑，儘管極力思索，也朦朧難辨了！有些逐漸煙黃，愈久愈淡，最後竟成為一些淡影，想從記憶中撈取，記憶如水，筆尖如石，投石於水，撈得的，也祇是零星一握罷？無論如何，它總比水中撈月要眞實一些，片段也好，零星也好，總能描出些影廓來，那些內心感覺的圖景，無以名之，姑稱它為靈像罷！

兒時常發寒熱，滿腦嗡鳴著，身子像在雲裡穿梭，飄然的空和軟，使人陷在裡面，那時，母親便會把一面圓鏡平放在桌面上，手捏一枚古銅錢，試著把那枚銅錢站立在鏡面上，每試一次，就會念念有詞的叫出一個已經逝去的長輩的名字，因她相信小兒寒熱，是有鬼魂作祟。是誰在作祟？要看銅錢是否站立不倒來判別。她在禱告著站錢時，一臉憂惶的神情和懇求的聲音，一幅畫般的影陳在我的心裡，雖已煙黃沉黯了，我心靈的眼還能看得見。

這些圖景多半互無關聯的；在一間破茅屋裡，我看過一個白髮的老婦人在搖著一隻舊紡車，紡紗車一端，是六角形的竹片紮成的輪子，另一端是旋軸，棉花經過旋軸，變成紗線，旋轉到竹輪的架子上去，紗線的粗細，幾乎全靠捏著棉花的拇食兩指來控制，手搖紡車紡出的棉紗，俗稱土紗，由於紗質不夠均勻緊密，祇能以很低廉的價格，賣給人去織成窄機土布（布的口面僅有二尺）。那老婦人很有耐心的搖著紡紗車，旋軸滾動聲沙沙的，尤其在霜濃月白的秋天，風嘆噫著，灌木叢裡紡織娘的鳴聲帶著寒意，和紗車聲相融，充滿淒涼的情韻。彷彿她紡的不是白紗，而是她本身充滿回憶的往昔，或是她僅有的一點存活的歲月，那該是一首詩，或是一個故事，祇有她自己知道它的內容。……更多人的一生，不都是以不同的方式度過的麼？

人被裝在一隻長方匣子裡抬出去，葬在土裡，就該是完了麼？在鄉野上，人們並不那麼想。出葬時，一路點燃蘆稈交叉紮成的火把，俗稱散燈，說那是爲幽魂照路的。秋七月裡過鬼節，人們競放河燈，也具有同樣的意念。河燈有很多的花樣和型式，有蟹殼盞，蓮花燈，屋形燈，油紙糊成的船燈……那樣浮漾遠去的燈影，使人覺得陰與陽，人與鬼，人世與幽冥，在人的精神上，藉著關愛而融契無間了。眞正算來，那年代並不久遠，不過，那種古老年代的感覺，如今很難再從現社會裡感覺到了。今天的生活，是一種現實的匆忙，生活的計算；所謂悼念，大多成爲應景式的禮俗，屬於社交生活的一部分。我記憶裡的燈，彷彿不是燈，而是農業社會中，鄉野人們明亮而溫暖的心，那要比知識更有價值。

從茫茫人海裡去尋找些點亮的心燈罷！當我獨自撿起這些片斷的遺忘，不覺這樣喃喃自語起來，彷彿時光眞的倒流，我又活回去了。活成一個白髮的孩童，畢竟是很奇妙的事情，至少，在感覺上確是如此的。

這種靈像，怕祇能畫在心上了！

——六十五年十月・台北市

蟋蟀

童年家宅的庭園很寬大，牆角蔓草叢生，後園更見荒蕪，有許多磚堆和瓦礫。每到秋天，那些地方便是鳴蟲們的天下了。秋蟲夜吟聲繁密而柔和，織成一闋伴人入夢的歌；像螻蛄、蟋蟀、紡織娘、金鈴子，偶爾也伴和著斷續的蛙鼓。尤其在有月光的夜晚，坐在花壇邊，傾聽著秋夜自然的歌聲，很使人著迷。

在鳴蟲合組成的樂隊裡，蟋蟀該是主要的歌手了；其實，有些形狀很像蟋蟀的鳴蟲，並非眞的蟋蟀，祇能算是牠們的親族。一種體形特別大，滿身褐紅色油光的，我們管牠叫「油葫蘆」，別名「油叫雞兒」，因爲牠們喜歡躲藏在溫暖的竈縫裡過冬，也有人稱牠爲「躲壁兒蟲」，牠的叫聲尖銳綿長，很像高音的哨吶。有一種體形特別小，背呈深褐黑色，有著長過尾叉的飛翅，我們管牠叫「草蟋蟀」，牠也不是蟋蟀的正種，牠們到處飛跳，經常會飛到燈下來。牠們的鳴聲短促低弱，很容易辨別。還有一種，頭部凸起，我們管牠叫「棺材頭」，把牠看成不吉利的蟲子。而正種蟋蟀，俗稱「蛐蛐兒」，形體適中，形貌威武，雄的性好鬥，尾生雙叉。母的頭部小、腹部大、翅短。尾生三叉，我們管牠叫三尾兒。

最早我對蟋蟀懂得很有限，衹知道這些，而且也從沒想到翻磚弄瓦去捕捉牠們。後來，我的一位遠房姑丈從江南避亂到家裡來，跟我講起養蟋蟀和鬥蟋蟀的故事，我才知道這種鳴蟲，因爲勇狠好鬥的緣故，在古代就被人捕捉飼養著，作爲鬥樂娛人的玩物。那位姑丈自幼受到流風的感染，迷上了玩蟋蟀，一直到頭髮花白，仍然興致不減，每當他提起蟋蟀的時候，就顯得眉飛色舞，嗓門兒也大了起來。

據他說：蟋蟀有很多名貴的品種，凡是愈勇猛健壯勇於咬鬥的，品價愈高，古代有人憑藉經驗，寫了一部有關捕捉、辨識、飼養蟋蟀學問的書，叫做「蟋蟀譜」，他曾經看過，那部線裝書一共有好多本。

他又告訴我一些關於捕捉蟋蟀的技巧，辨識品種的方法和飼養上應該注意的地方。比如捕蟋蟀，考究一些的人，要帶著竹筒、捕網、柔軟的掃子（用狗尾草製成，挑逗蟋蟀之用。）等等的工具，不能在捕捉時傷著牠們，即使弄斷牠一節觸鬚，都是很大的損失。

因爲蟋蟀打穴或巢居的地方不同，有的在土層下，有的在磚堆瓦縫裡，有的甚至躲在成長中的辣椒裡面，使人必須使用不同的捕捉方法，有的要灌之以水，有的要翻磚弄瓦，主要是要把牠逼出來，然後用捕網撲獲牠們，裝進刻有細縫的透空氣的竹筒，攜回去飼養。

但在夜晚，四處都是蟋蟀鳴叫的聲音，怎樣辨別哪隻是上品的蟋蟀呢？他說是：凡是鳴聲粗宏嘹亮，平時不常鳴叫的，大多是好的蟋蟀，更有些極上品的，都有異物守穴，像蛇守穴的，蛤蟆守穴的，蜈蚣守穴的，你想捕捉牠，非得先把那些驅除不可。

蟋蟀既有無數珍貴的品種，他也就大略的告訴我一些；像紫牙、辣牙、麻頭、毛項、藍項、大翅……這些都算是最上乘的異品；一個人玩一輩子蟋蟀，也不見得遇上幾隻。一般的蟋蟀品評，多半是看牠的體形是否壯健？鬥志是否高昂？通常是身體狹長的，不敵身體粗圓的；身體粗圓的，又不敵身體方正的；而身體方正的，仍不敵前述的異品。

那位姑丈在我們家寄居不久就離去了，但我卻迷起玩蟋蟀來了。憑著他教會我的那點知識，每個秋季，我都利用閒暇去捉蟋蟀，捉來之後，把牠們分別養在鐵罐或粗陶的器皿裡，上面蓋上玻璃片，餵給牠石榴子或熟米粒，經常把這一盆和那一盆的蟋蟀放在一起，用掃子激怒雙方，使牠們捨死忘生的互相咬鬥。有時雙方勢均力敵，能咬鬥很久，都難分勝負；有時甫一接觸，勝負立判，勝的剔翅揚鬚，發出得意的鳴叫；敗的一聲不響，被追逐得繞罐奔逃。經過咬鬥的過程，產生了冠亞季殿，我管牠們叫「頭盆」、「二盆」……並在罐外寫明牠們的身分，再逐漸把新捉來的蟋蟀，參與過關斬將式的試驗，先和末盆鬥，如果鬥贏了，便淘汰原有的，再勝，便逐級遞昇，完全使用獎優汰劣方法，加強我所飼養的蟋蟀的陣容。

在當時，老家小鎮上也有些玩蟋蟀的人，有個陳姓的年輕醫生最爲著名，我把我捉得的頭盆蟋蟀去挑戰，想不到牠竟以橫掃千軍的姿態，鬥勝了他那些稱王稱霸的所有蟋蟀，使我這毛頭孩子，被他們另眼相看。

當我還不足八歲，已經算是玩蟋蟀的能手了。不過，逐漸我發現，在飼養方面，我還非常欠學。有個老玩家告訴我，把蟋蟀養在鐵罐或光滑的器皿裡，極爲不妥，日子久了，會損傷牠們爪上的鬥毛。他養蟋蟀，都使用古老的瓦製的蟋蟀盆，那是專爲飼養蟋蟀製造的器皿；有些名貴的蟋蟀盆，是用紫砂燒製的，和紫砂茶壺是同一種質料，那些蟋蟀盆的外面，有的燒出花紋，有的雕上草體的詩和詞，盆底並註明了燒製的年代。我看過許多名貴的蟋蟀盆，大都是清代的，間有明代的，當然愈古遠的愈値錢了。

有經驗的老玩家又告訴我，早年在北地若干城鎭裡，都有專門開設的蟋蟀鬥場，更有些人，靠著捕捉和飼養蟋蟀鬥采維生的，那儼然成爲一項特殊的行業了。據說鬥場裡立有很多的規矩，並設有公證人，雙方的蟋蟀開鬥前，先要用過籠引出盆來，先秤體重，這倒有些像現代拳擊所訂的規矩了。體重相當的，放入鬥盆前，先行展覽，使一旁搏采的人自由下注，鬥場不管誰輸誰贏，祇收取一份水錢，因爲以蟋蟀作爲賭博的工具，使有些人滿載而歸，有些人甚至輸到傾家蕩產的。

我玩蟋蟀的興趣，前後維持了四五年之久，經驗也隨著時間不斷增加了；其間也聽過許許多多前朝前代發生過的關於蟋蟀的故事，說是有個窮苦的人，無意中捉著一隻蟋蟀，那隻蟋蟀逃走了，旁邊有隻公雞想啄食牠，牠竟然敢和公雞相鬥，一跳跳到公雞頭上去，咬住雞冠；有人知道這事，便勸他把這隻蟋蟀捧進京師去，獻給一位玩蟋蟀成癖的王爺，準能得到厚賞，那人果眞去獻蟋蟀，結果竟然得到千金賞賜。……這類的故事太多了，祇能當成縹緲的傳聞罷了！

在我玩蟋蟀的歲月裡，民間以蟋蟀搏采之風業已過去了。我所捕捉的蟋蟀倒眞有幾隻名貴的異品，一次是在觀音柳叢的根部捉得的，體型奇大，我管牠叫「楚霸王」，因爲一般蟋蟀和牠咬鬥，一交齒便敗，從沒撐過兩個回合的。我一天讓牠咬鬥十多次，過不久牠便自己死掉了，也許是累死的。另一次在磚堆裡捉住一隻大翅，用牠換得一個紫砂的蟋蟀盆子。我也捉到過麻頭、紫牙，都用牠們換了蟋蟀盆子，每年辛勤捕捉，使我擁有十多隻很講究的蟋蟀盆子，都是從老玩家那兒換來的。

後來，年紀略大了一點，突然覺得玩蟋蟀固然會使人入迷成癖。但把那種快樂寄放在蟋蟀同類相殘的咬鬥上，實在太殘忍了。母親爲這事也曾責罵我，舉出玩物喪志的例子，仔細說給我聽。我也自覺每夜翻磚弄瓦，滿身泥污，失去當年靜坐著聆聽自然蟲吟的樂趣；便痛下決心，把那種癖好戒除了。但那些製作精緻的蟋蟀盆子，我卻珍藏著，直到戰亂離家，我還把它埋藏在地下。

人在戰亂裡成長，逐漸領悟到在時代的風暴中，一個人須肩負著更多思想和感覺的重量，奮力爲更莊嚴的人生理想去貢獻力量，自身命定不是有閒人，無須再去品嘗古人的風月了。玩弄蟋蟀成風的中國，將是怎樣的中國？如果說一族的文化精神，表現在民間廣大的多面生活形態上，那麼，玩蟋蟀的流風，消閒固然消閒，頹廢也夠頹廢了，既用以賭博，又涉及殘忍，哪有泱泱大國的溫厚之風？這無異是優美的傳統文化中的一股逆流，眞不知前朝前代，怎會有那許多有頭腦有智慧的風雅之士，竟也會迷於它成好成癖的？

觀諸先秦時代，我國渾莽的民風習尙，雄昂奮發，簡樸單純，方得開創出漢唐盛世。也許，人逢安樂飽暖之餘，便會耽於逸樂罷？生活上貪閒圖樂的花式繁多，人的精神便會在愈益升起的文明假象裡鬆弛下去，多數社會人終生浮盪，白耗光陰，何止是百年積弱？仔細算來，怕有千年了！無怪早年有人以睡獅形容吾土吾民，安閒飽暖之餘，獅子也會打盹的！果爾以歷史爲鏡，照照當前呢？勤奮圖強的固居多數，至少，少數都市生活的病態，使人有推陳出新之感，蟋蟀是不玩了，而旁的藉口消閒的玩意兒還多著，彷彿忘卻此地何地？今日何日了！

正因童年迷溺過玩蟋蟀罷？用它比映眞實人生，使人很容易產生觸類旁通的領悟，觀諸人類種種歷史愚行，彷彿都展現在蟋蟀盆中，不論它勝者矍矍，敗者鼠鼠，祇激起人無限的悲憐和慨嘆！

而人畢竟爲萬物之靈，深知擁抱理想，秉持正義，歷史上復國之戰，仁義之師，値得人仰懷和稱頌。而蟋蟀祇是無知鳴蟲，除了逞猛私鬥，便別無所有。其間區分是極爲明顯的。

經歷過戰鬥歲月和無盡長途，寄居島上，轉瞬間已度過半生；如今眼見一些青少年們，荒遊嬉樂，逞強私鬥，恍惚像是我當年飼養在蟋蟀盆中的那些將軍霸王，內心悲憐得直欲滴出血來。

人間的戰鬥應是理性的，自覺的，有理想有選擇的，爲國族自由與生存而興的戰鬥。那種血流五步的蟋蟀式的私鬥，早該揚棄了！誰願把自身當成蟋蟀，自己玩弄自己呢？

然而，忍心切責那些無知的華髮少年麼？社會是河床，少年是流水，有什麼樣的河床，便有什麼樣的流水罷？若從根檢討，社會上袞袞諸公能無汗顏之處麼？

窗外正是皓月當空的秋夜，山麓的鳴蟲們，正繁密的吟唱著，溫靜而祥和，在如此安定繁榮中成長的小友們，你們都自具有極深的靈性，極高的慧根，該擺脫不正常的流風的浸染，多在自然的和諧裡去領悟人生的眞諦罷！去聽聽秋夜的鳴蟲，感覺那種快樂的奧祕，便不會再學鬥盆裡剔翅揚鬚的蟋蟀了。

我雖是個愚魯淺俗的人，願將經驗和思悟到的一得之愚，極爲懇切的貢獻給我關愛的小友們。

——六十五年十月·台北市

狂犬病之憶

北方平原上少見虎豹，湖邊澤地偶現狼的蹤跡，那一帶地方的居民，談起狼來，臉色就都不太好看，但人對於狼的恐懼，遠不及瘋狗，鄉下有一種流諺說：

二八月，不空手，帶根棍，打瘋狗！

那兒春來時節和轉秋之際，瘋狗確實很多，瘋狗噬傷人畜的事情，也不時發生，因此，有關於瘋狗的傳說便在民間風播著，大人們總拿它囑咐孩子，要記牢這個，要防備那個，遇上瘋狗最好及時躲避，千萬不能被牠咬著，一旦被咬，一條命幾乎就算丟定了！

瘋狗怎麼會瘋的呢？據說狗是舐食了蛇蟲之屬噴佈的毒沫，病毒發作了，才會成瘋的，得了瘋病的狂犬，人們很容易辨別，通常，牠的兩眼呆滯，直直的瞪視著人，眼珠不會轉動，牠的頸毛和脊毛直豎著，尾巴夾在後腿間，嘴裡拖垂著黏涎，走起路來，低著頭，一副沒精打采的樣子，你如走路遇上這種樣的狗，那準是瘋狗無疑，如果手裡沒有棍棒，最好躲遠一點。

一般人爲了保護地方上人畜的安全，每逢鬧瘋狗的季節，多半會組隊巡察，一遇上瘋狗，立即鳴鑼吆喝，向當地示警，同時展開追逐，當時把瘋狗打死，不過鄉野地異常廣闊，瘋狗是防不勝防的，剛打完這一隻，那一隻又在附近出現了，總有人不小心被牠咬著的。

據說瘋狗咬人，有三種情形，都會引發狂犬病，第一種是直接咬到人身上，第二種是咬到人身上所穿的衣服，第三種是沒有咬到人，卻咬到人的影子，而在這三種情形之中，被咬到影子的情況最嚴重，咬到人身體次之，被咬著衣物的情形較輕，祇有把被咬的衣服立即脫下，點火燒掉，就不容易發病了。這種說法，古怪得不可思議，但人們都相信那是眞的，他們更會列舉許多實例，證明傳說無訛，硬指稱被瘋狗咬到影子的人，發病很快，而且病發後無藥可治，必死無疑。如果一個人遇上瘋狗，手邊又沒帶打狗的棍棒，怎麼辦呢？想不被瘋狗追逐是很難的，如果咬在手足部位，傷口不深的話，可以立即用火鉗燒紅了，去烙灼傷口，消除毒菌，或是及時去找有經驗醫生瞧看，也許能免於發病，但四鄉中醫，有把握醫治狂犬症的，幾乎找不出一兩個人來，一旦被瘋狗咬著，看樣子祇有盡人事聽天命了！

我在小時候，親眼看過好幾個被瘋狗咬著，發狂犬病的人，那種恐怖悽慘的光景，使人終生都難以忘記，有個叫吳金寶的年輕人，家裡開豆腐店，他爹叫他早起下鄉去買黃豆，在半路上被瘋狗咬了，當時他沒覺怎樣，仍然買了黃豆回來，交給他爹去磨豆腐。

過不多久，他的狂犬病發作了，兩眼僵直，嘴溢白沫，模樣很怕人，他甚至連他家裡的人都不認識了，他爹恐怕他會像瘋狗一樣的亂咬旁人，祇好用牛鐲把他鎖在磨眼上，親自看守他。

我們曾跑去看過他，隔著小窗洞，看見那個發狂的人，他從喉嚨裡發出斷續的獸吼聲，他走動時，把鐵鍊拖得唏哩嘩啦響，他的頸部僵直，渾身哆嗦，活像一匹瘋獸，他這樣熬了四五天，最後撕衣服，啃鐵鍊，圓瞪兩眼死去了，他死後，屍體和衣物，都是運到野林裡用烈火焚化了的。

鄉下有個姓趙的中年人，頎長精瘦，一天遇上一隻瘋狗，藍大褂子的前面下襬被咬了兩個洞，小腿肚兒上也被咬掉一塊油皮，有人說是傷皮沒傷肉，也沒見血，應該不要緊，但姓周的緊張得面無人色，他把被瘋狗咬過的大褂子吊在樹上，點火燒掉，又去找中醫，吃了許多服藥，但仍然發了病，被他的家人囚禁在黑室裡，也許是感染較輕，或是民間的驗方救了他，居然熬過這一關，能夠飲水了，不過，凡是得過瘋狗咬的病卻留下命來的人，都有很多禁忌，比如說忌食雞魚之類的發物，忌食蕎麥，三年之內，不能踏進蕎麥田，如果踏進蕎麥田，非發病不可，這究竟是什麼道理？沒人知道，但人們依據過去的經驗，傳說並教育人們，確有些道理在的。

那時候，鄉野上極度缺乏醫藥，什麼狂犬病疫苗之類的藥品，甭說沒見過，連夢也沒夢著過，像狂犬病這樣神祕難治的毛病，才會綿延不絕，造成許多人死亡的罷？除了狂犬病之外，那些可怕的瘟疫也像惡鳥般的盤旋著，爛喉痧子、絞腸痧子、貼骨瘤、竄骨咀、猩紅熱、汗病、霍亂、疔瘡、鼓脹病、……但在這些疾病當中，狂犬症仍然是最可怕最神祕的一種，它留給人驚懾性的印象，久久難以平復，它使人最感恐懼的是患者喪失了人性，渾身遍佈劇毒，使他們的家人戚友，也不得不用非人的方法，把他們捆綁起來，您聽他們日夜慘號，乾渴而死。這種死法，該是人間至慘的光景了！

後來經歷了戰爭，接觸了更慘的生活情境，不禁改變了當初的想法，因爲狂犬病患者都是一般的人，祇因機緣不巧，被狂犬噬傷，病毒使生理機能產生變化，才使人把他當成危險人物，比較那些思想中毒、精神瘋狂、絕滅人性的惡徒，殘殺父母，迫害兄弟，更可悲可憫得多！狂犬病是一種生理病症，仍然有疫苗可資防患，而瘋狂邪說使人喪心病狂，可要比狂犬病的禍害大得多，如何醫治這種精神的病症？該是自由人最重要的課題了！

——六十六年一月・台北市

石榴花

在北方，安石榴和月桂都被視爲吉祥的喬木，很多人家喜歡栽植它們，作爲朝夕相對的庭樹庭花。北平曾有「天棚、魚缸、石榴樹」的俗語，意指多數人家，大都搭有天棚，植有石榴，更在樹前置缸，養魚怡性。單從這句俗語，便能想像當年那一幅幅安適消閒的圖景了。

家鄉老宅子裡，花壇一角，便植有一株火石榴；由於樹齡久，枝葉繁密，每年初夏，那一樹的榴花，彷彿是朵朵透明的小火焰，把沉黯的宅子裡外都給燒亮了。火石榴的花，繁而密，紅而豔，古人用榴火如丹霞形容，眞是十分妥切。

人活在止水般的承平歲月中，對於季節非常敏感，桃花開放了，楊柳抽條了，麥田起浪了，石榴花開了，季節和月份中呈現的自然特色，會帶給人一種安慰和喜悅。開花結果的人生兆示，多美，又多豐盈?!無怪乎許多姑娘們的髮際的銀攏上都會插上一兩朵初開的石榴花，那是很美的應景的裝飾。

其實安石榴有很多不同的品種；火石榴和玉石榴是實用的品種，這兩者所結的果實，是極好的供人食用的水果。另有些盆景石榴，是專供觀賞用的；複瓣的千葉榴，開黃花的金榴，開白花的白石榴，都是稀有的觀賞石榴，多半開花而不結實的。父親是愛玩賞石榴的人，這些品種，在宅裡都有。

不過，在我童年期，對於觀賞用的石榴盆景，並沒有多大的興致，主要的興趣，仍集中那株開花結果的火石榴身上；經常仰起臉，細數著結成的榴實的數目，等待秋來，石榴成熟了，好採摘大啖。

在鎮上，有位和曾祖母同輩的姥姥，我們管她叫太婆的，她家的後園子裡，栽種的石榴有好幾十株，由於培育照料得好，那些石榴不但花朵開得大，有些榴實，碩大如碗盞，每臨果實成熟季，我總能用乖巧和禮貌，獲得她大方的賞賜。

鄉野人家，種植石榴很普遍；麥場角、糞池邊、村梢的土路兩旁，屋後的園子裡，都可以見到石榴樹，五月的榴火，替那些披著綠髮的村落戴上朵朵紅花，分外顯得光輝燦爛，洋溢一股喜樂的氣氛。

有些人把石榴種植在庭院影壁牆前面，那些影壁牆，不論是土砌或是磚砌的，壁上都嵌有圓形和六角形的孔洞，用捲瓦嵌成吉祥如意或魚形的圖案，榴枝下覆著一口水缸，水面上浮著天光雲影和石榴樹的枝影，那是一幅幅繪在水面上的至美的畫境，象徵著無恐無驚的歲月，象徵著溫飽、和樂與安詳。

根據記載，說安石榴是張騫出使西域時帶回來的，但經歷若干時日，它已經融進了漢民族的生活。我國各地的石榴，以河南省白馬廟所產的最爲著名，流諺有「白馬甜榴，一實値牛」之說。也許流諺的形容有些誇張，但至少每想起碗盞般的榴實，琥珀般的榴粒來，便禁不住滿口生津。古代詩人李白，有「五花馬、千金裘、呼兒將出換美酒」的豪興，即使眞的牽一條牛去換甜榴一實，依此刻的心情，眞是毫不爲過。浮槎東來，故鄉遠隔，眞的有牛，也換不著一實甜榴了！

最初寄居南部，極少見到石榴；北來後倒見著了，大都是觀賞用的盆景，花開得不密不豔，多少具有些榴紅如火的意味。我買了兩盆，置諸庭園，聊慰鄉思。此間季候溫暖，石榴花開開落落，從春來一直開到深秋，故鄉那種榴紅季的新鮮感，早已無蹤無影了。

盆景石榴居然也結實，但榴實小如酒盞，榴子中也缺乏水分，吃在嘴裡，很不是滋味。偶然在鄰近住宅前，看到較爲高大的紅花千葉榴，光放花而不結實的那一種，花倒豐滿豔麗，能引人駐足觀賞一陣子；看了那種榴花，彷彿有些安慰，也帶些唏噓，人總難忘卻根本，忘卻被榴花照亮的童年。

三年前，因巡迴演講過花蓮，竟然發現一株高大的石榴樹，枝頭結出的榴實其大如碗，一望而知不是本地的一般品種。經向族兄詢問，才知道這株石榴樹，是一位老戰士用他家鄉帶出的榴子培植而成的；我不揣冒昧，請求其准我用壓枝法移植一株，幾個月後，我爲此再去花蓮，把新株小心翼翼的捧回來，栽種在月牙形的花圃一角；如今，它生長迅速，開花繁密，結實纍纍；也許盆地的季候，空氣，陽光和雨水都不如理想罷，榴實並沒有在花蓮所見的碩大，但大的也已如拳了。古詩形容「園紅榴火練」，這株繁花如錦的石榴，確使我融入詩境。面對著繞膝的子女，我彷彿化爲一盆移植的石榴，雖是經風歷雨，一樣是開花結實了。

但月牙形的花圃太狹小，土壤畢竟不深，這樣的石榴，應該植歸原野，去照亮北方劫後的荒遼，那位老戰士把它從家鄉帶來南方，我卻盼望著能把它重移回北國，讓它在暖風裡放花，洗亮更下一代人的眼瞳。

融和了這種心境，它就不僅僅是一盆單純的庭園植物了！月前遊武陵農場，和場長蕭將軍把酒話夜，我特別提起這株石榴和我的心境，蕭將軍建議我用空中壓枝法，先分幾枝到武陵去試植。洞天福地的武陵農場，該算是三民主義模範村的縮影；我想，能把我們的理想和這株石榴一起栽種到那裡去，也算是極有意義的事，詩云：「五月榴花照眼明」，能讓海內外自由人士，從仰望透明如火的榴花，體悟到中國人所嚮往的、喜樂無憂的未來歲月，那豈不是爲人心點火嗎？若果人同此心，石榴必會移回北方！承平的、自由的歲月，亦必會在劫後的土地上重現。誰說夢沒有顏色？它比榴火更爲熾烈，更爲鮮豔，天然的豔紅，是和用人血塗成的猩紅大有區別的。

——六十五年十月・臺北市

風聲

記不清哪年哪月了，在浪途上聽人哼唱過一首歌，其中一節音韻哀沉，依稀記得是：曠野風聲，曠野風聲，你懷不懷念你故鄉的風聲？……來到另一個城市，聽到老式的留聲機轉盤上旋出同樣的歌，情韻更爲凄切，也許身如隨風落葉，離鄉更遠的緣故罷，感情上的認定，多半是和當時的心境有關的，這許多年來，我曾深深緬憶過故鄉的曠野，曠野上的風聲。

鄉間的宅院，被許多古木圍繞著，大多是桑槐榆柳之屬。據祖母說，這些樹木，有一些是她嫁來後補植的，也有五十多年的樹齡了。我不知道眞正的風聲究竟是怎樣一種聲音？當風走過樹叢，走過屋簷，走過池沼和蘆地的時刻，它們便會迸出高低不同音韻殊異的歌吟來，你如果認眞諦聽，更仔細去辨別，你能聽出枝和葉的擊響，簷瓦的流咽，風鈴的搖曳，水波的拍岸，蘆葦的嘆噫，但在恍惚間，一些不同的聲音便綜合起來，融滙成一種自然的音韻，這全是由風所孕化。

在北方，季節的分劃極爲明顯，因此，風在人的感覺裡也具有不同的容貌，春風是軟柔的，你開闔手掌去捉風，握住的像一團棉，無形的風會藉著春野顯現出它的容貌來，草的波，麥的浪，牽風起舞的柳線，都使人感覺風的軟柔，這種拂面不寒的春風，幾乎是沒有聲音的，偶爾它會在初生的葉簇間密語，忽又附在風箏的弦上，發出輕輕細細的嗡鳴，當帶著風哨的鴿群飛起時，它卻匿在雲端，快樂的唱著夢意的歌了。夜來了，它在窗外徘徊著，風聲輕悄的起落，一如靈貓的腳爪，有時彈著油紙煙，有時又屏息了，一個母親在她的愛嬰欲睡時，悄立搖籃邊所顯露的、默含愛意的神情，也許能作春風的寫照罷？春野是它的搖籃，碧意連天的萬物是她的愛嬰。你曾否憶及童年，你欲睡之際，輕撫你柔髮的母親的手掌呢？欲歇的眠歌在你耳際，又彷彿遠在天邊，……春風給人的感覺，常和人間的摯愛相融，使記憶也柔軟如流蜜，灌入人的靈腑。

夏季的風總是流盪無定的，有時走過曠野，灌木與禾田，像酒意醺醺的醉漢，噴騰出濃郁的泥土和稼禾混融的氣味。有時它入睡了，留下烈日蒸蔚著大地，在凝止的雲翅上，也覓不著它的影子，人們用各種扇子想把它搖醒，祇搖出些習習的鼾聲。它總愛沉睡到黃昏日落的時刻，方自醒轉來，爲人間帶來一分涼意。夏季的晚風，通常多是無聲的，若說有，也祇偶爾發出一陣短促的含著歉意的低吁，彷彿對那些在烈日下工作的人們，未能盡上力而抱有愧意。有時候，當暴風雨來臨前，它會突然逞性而來，吹得沙飛石走，葉簇飛翻，不過，人們喜雨的欣悅和雨前風相似，也就把這種風勢風聲，當成瀟灑之姿了。

眞正使人緬憶的，倒是秋冬季的風聲，天下地下，一片風的吟嘯，彷彿彌滿了整個世界，如果你生長在那片風聲繞耳的土地上，你自會銘心刻骨的記取那種聲音，榆枝上的風聲，絕不同於柳枝上的風聲，梧桐的吟嘯也不同於白楊樹上鈴葉的蕭蕭，落葉的夜語，鐵馬的叮噹，都融化在生命成長的感受裡，使你自覺是原野的孩子，你的思想、意識和感情，都深受著它的影響，那不是輸灌和教誨，無須經由人類的語言，直接的賦給人一分靈明的悟性。你踏著入晚的初霜，奔在落葉游舞的林道上，或是經過蘆絮如煙的野地，棍打的西風會使你想到溫柔的、亮著燈火的家宅。人，畢竟不是落葉，即使你倚著一棵樹，聽巢中鳥雀在風吼的世界上低語，你也會明白沒有寒風，便顯示不出窩巢的溫暖。

每年總有風聲滿耳的寒秋，人們忙著撿枯枝，掃落葉，使秋糧入甕，或抽閒整修宅院，整補豬欄和畜棚，爲的是安守他們辛苦營建的，生活的窩巢，這全是自然帶給他們的，原始的願望，風千年萬載的吹著，這種願望也跟著世代相沿，永無更改，誰說秋風眞是蕭殺無情的呢？前人有謂：秋是使人增長智慧的季節，我這愚魯之人，倒有深深的同感呢！

若說秋風喚起人思鄉戀宅之情，那麼，凜烈如刀，冰寒割臉的冬風，更易使安守家宅、享受爐火的人們，關心室外的飄泊和孤寒了！北風是尖勁的，它劃過枯枝和冰凍的簷鈴，發出一陣更比一陣淒厲綿長的銳嘯，——彌天蓋地的呼嗚，尤其在漆黑的夜晚，風聲匯成感覺中澎湃的海洋，更給人以鬼怪妖魔和虎豹狼熊的聯想，那也許是童年期的敏感罷？自覺屋外的黑夜和風聲雖然可怕，但總被家宅的門擋著，而那些離家趕路的人怎樣呢？寒風吹透他們的衣裳，使他們佝僂著身子，瑟瑟顫抖著，夜正深，路正長，他們心上壓著家鄉的一口井，要走向何處呢?!……那倒不光是幻覺，每年冬天，總會聽著些無家可歸的流浪人凍倒在冰雪裡的事，使人滿心潮溼。

有一天，自己竟也踏著冰雪，把呼嘯的風聲掛在耳上，陷入陌生的曠野和無盡的長途了，這才想到：做一個一生守著家宅聽風的人，眞是可慕的福分。感情上的依戀是一回事，生不逢辰的慨嘆也屬多餘，身當戰亂之世，一切理想的生活，——即使是最卑微平凡的願望，也要透過理性，穿過艱難去求取的。

總走在寒風中曠野上的人眞那樣孤單麼？我們在童年曾關切過他們，焉知下一代的孩子，不在家宅爲我們祝禱呢？自然所孕育的人性，才眞是永恆的。

——六十二年九月・台北市

哭墳

暮春。火在鎮上燒過。天色陰陰，偶爾飄幾點似有還無的絲雨。一野草色碧向天邊，綠裡帶著鵝黃的柳線，搖曳出自然的無情。

這座鎮市在遭受亂兵洗劫前，街坊人們都還活得滿春天的；數算日子，清明節就在眼前啦，年年這時節，掃墓踏青都是大事，少婦和姑娘家，會換上軟薄的春衫，插花戴柳，結伴郊行。誰知道一夥亂兵，勾結當地土氓，裡應外合把集鎮給踹了。亂兵進了圩崗，像黑風掃過來的飛蝗，酒坊的晉木大門他們用椎杵撞開了，有人喊著用高粱酒洗澡。一夥賊人盤據在胡家大屋，升起火來，活割一口豬烤了吃，那口豬撕心扒肺般的哀嚎，半條街都聽得到。他們打著火把，挨戶搜掠，有個傢伙身上，竟然套上七條絲綢女褲，說是日後散夥，足夠擺地攤的啦！

「你這白癡，」另一個罵他：「白花花的銀洋動把抓，你怎麼偏找女褲呢？」

「全是你們這些壞蛋，」穿七條女褲的說：「你們硬扒下這些女褲朝外扔，我不撿多可惜。」

正因著亂兵淫惡，許多女人都跳井投塘，乒裡乓噹像下水餃，鎮上激怒反抗的男人，被亂兵殺害的更多，其中一個是茶館的老孔，叫捆放在煙榨上（壓煙葉用的）被榨成扁扁的人乾。東街騾馬市的老宋，叫長矛捌透心窩，懸空釘掛在一面牆上，但那些被擊散的鄉勇，仍然利用熟悉的街巷，和亂兵土氓零星的接火，他們總算把吃裡扒外的史大眼和蘇二鬼給撂倒在後街娼屋裡了。

這群亂兵游勇，盤據鎮上兩天一夜，臨走前放了一把火，把整個集鎮燒得毀塌大半，牛驢牲畜，全被牽走，他們怕鎮上人集勇追擊，還擄了幾十名婦孺當押頭，留下帖子說：不過雲家渡，不會放人。

事實上，鎮上的鄉勇憑那幾枝老舊槍枝，根本無力追擊，街坊上哭泣成一片，忙著在火場裡拖屍，水塘裡撈屍，經過幾晝夜的忙碌，粗略合計，全鎮死在這場劫難裡的，一共有一百多口，亂兵也被鎮民幹掉五六個。依著街坊的怨憤，要把亂兵的屍體剁碎，扔到亂葬坑去餵野狗，拖白鬍子的徐老爹說：

「算了，這些人有槍在手，小船沒舵——橫了，他們跟各股土匪沒兩樣，他們業已死了，不用再戳屍，把他們挖坑埋掉，眞要報復，也該找那些活著的。」

「老爹，照這樣，太便宜這些畜牲啦！」

「晦，」徐老爹也眼裡噙淚了：「人說：人善被人欺，馬善被人騎，誰叫咱們天生善良來著，眞是：寧爲太平犬，不做亂世人啦！」

徐老爹活了七八十歲，算把鎮上街坊的心性看透了，雖說泥人還沾三分土腥氣，但也祇是那三分，造劫的亂兵走遠了，大夥兒也祇有含悲忍辱的忙著舉喪營葬。早年有人辭世，棺木都很講究，像四塊瓦，十合頭，松木圓心十三段，亂世人可睡它不起，尤其是遭到兵燹，一死一大片，小小一個集鎮，哪兒能物色到這許多棺木，較爲像樣的人家，還能湊合出白木薄皮材，餘下的祇能捲蘆蓆，沒有停靈開吊那套繁文縟節，兩三天不落葬，拖尾巴的蛆蟲就會朝外爬啦。

新鬼趕上了清明節，郊野上哭聲盈耳，紙灰飛揚，可就熱鬧得緊啦，徐老爹曾經說過：咱們中國是一路哭著朝前走的，居民的眼淚眞夠匯成江河，古老的戲曲、彈詞，都浸滿了眼淚，從孟姜女到秦雪梅，柔弱的婦女們，早已學會了那種哭腔哭調啦。

她們披頭散髮，叉開雙腿，無助的跌坐在墳前草野上，淚眼望天，渾身一陣哆嗦，然後從鼻孔中滴下兩串清淚來，伸手捏了一把抹在鞋頭上，尖著嗓子，長長慘慘的叫了一聲：「天——喲！」一本亂世的悲哭經，就喃喃怨誦出來了，她們哭訴的，何止是火燒的家宅，亂兵的強梁，她們哭出生存的絕望，更引出歷史的悲風。連吃裡扒外，被鎮民撂倒的史大眼的年輕老婆，蘇二鬼在後街娼屋裡的姘婦，也都到死者墳前大哭，不過，她們邊哭邊罵，夾著迎乎狂亂的嚎啕，聽在鎮民們的耳裡，倒也消了不少的怨氣。

微雨的清明，幽綠的郊野，花開著，柳搖著，僧侶們搖鈴擊磬的誦經安魂，遠遠近近，男人們祇知默默飲泣，而婦人們時而幽感，時而激越的哭聲，綰成一條鞭子，抽著天，打著地，沒完沒了的哭得九轉腸迴。

聽罷，人在落淚，天也在落淚，人淚和天淚混在一道，逐漸的浸溼了薄薄春衫的襟袖。

「天喲，天嘞，我的青天黃天，瞎了眼的老天唷，啊喃，我的死鬼親人呀！你半生勞苦，肚裡沒裝過四兩油呀，你忠厚老實，沒捻死過一隻螞蟻呀，怎會遇上這批凶神惡煞，把你割鼻子挖眼，尖刀戳了個透心涼喲！我的親夫唷，那些殺千刀害汙病頂槍子兒的賊亡命，該當翹著屁股啃那巴根草呀，死後入陰，也要上刀山下油鍋，千刀剮萬刀殺的受報應呀，啊喃，我黃泉路上的親人哪！」

戲詞似的哭得前合後仰，一隻手反覆的從腳脖子抹到大腿，又打大腿抹回腳脖子，另一隻手則抹一把淚，捏一把鼻涕，照樣抹在尖尖的鞋頭上，若說女人是水做的，劫後哭墳便證實了這一點，她們彷彿是充滿悲苦淚水的罐子，一哭哭了幾個時辰，仍然淚如泉湧。

史大眼的老婆哭她那喪心病狂的死鬼，光景可就與眾不同了，她哭說：

「老天總算睜眼啦，讓老娘替你這畜牲收屍撿骨來啦，死鬼噯，你生前多聽老娘一句勸喲，也不會穿銅過鐵，拿腦袋磨刀呀！你黑心的哎，有兩錢不是朝賭場送，就拿去塡娼婦的爛窟窿呀，如今人死屌翹啥落用，老娘問你得意在哪塊？在哪灘呀！你這個大屁眼掉了心的噯，你撒手扔下老娘，想找給你掃墓圓墳守長寡，你祖宗無德，少做你的瘟夢了唄，老娘寧可改嫁討飯瞎子，也不頂你的姓呀，你這畜牲該下地獄十八層啊！」

鎮上人全曉得史大眼家裡的怨憤，史大眼生前抓著女人的頭髮像拎雞，拳打腳踢，騎在她背上，用力把她腦袋朝地上磕，磕得她滿嘴鮮血滲著泥沙。這回，她可得著機會訴怨了。另一座墳頭，蘇二鬼的姘婦，是穿花衫子上墳來的，總算是睡過一床被窩筒，有過那麼一腳，那個半開門的婦道，當著人面，也不願背上婊子無情、鴇子無義的惡名，有損她一行的顏面，於是乎，多少也擠出兩顆滾不下的眼淚來，細聲低泣道：

「冤家死鬼，你好生聽著，你甜言蜜語圖著哄著我，花花大轎坐不成，青衣小轎接進你家的門，嗬嗬，你是賭咒發誓的嘍，每天夜晚，我抹著牙牌，心慌意亂的守著門，從一更等你到五更，你說要是變心遺棄我，要你嘴上長痔，屁眼生疔，天雷把你屁股打成兩瓣兒，末後怎麼地，你我心知肚明，啊嗬嗬，你騙去我金簪和銀鍊，騙去我私房積蓄三十三塊三角三，你是我的魔星活對頭呀，你允我的哪天還呀！好歹你是我三十三天裡的一塊天喲！」

千里的大野，多少綠地中有多少座墳頭，劫後的清明，沒死的總還在活著，活著的總還在無助的哭泣著，這座巴掌大的集鎮，區區一場火又算得什麼，死上百把人更不算什麼，但在微雨的清明，傳統哭墓卻湧出一道發自人們內心深處的江河，把一把人性的糾葛融在當中，流過古老中國的天空，流過無數兩眼生銅綠，骨頭生黃鏽的墳墓，流向永遠攀不著的，夜不閉戶的大同。

——七十九年・清明節前夕・台北市

如煙的夢痕

——懷念我曾住過的老屋

最先出現的是我誕生的屋宇，在老屋林立的集鎮上，它並不算太老，那是一棟兩層的樓宇，簷口嵌著虎頭瓦，脊翅上生長著塔形的瓦松。北方的牆壁，多是兩層磚砌，中間填塞著碎磚碎瓦，有許多動物和人們同住在一個屋頂下面，比如像毒蠍、大蜘蛛、狐狸、赤練蛇、老鼠、銀駝子、黃鼠狼之類的、瓦簷下的黑洞裡，住著大群的麻雀，屋牆上築有鴿巢，園樹則讓野鳥做窩，飛的、走的、爬的、游的各有所歸，倒是熱鬧得緊。

小時候，住在樓上，到了熱天，家人便告誡我，夜晚走動，不要隨手摸牆壁，一不小心，便會被毒蠍螫傷，那些豎著長尾的傢伙可眞多，家人常點著有罩的煤油燈照牠們，毒蠍一見亮光，就伏著不動了，這時，祇要把燈罩口對準牠，熱氣一吸，牠們就會落進罩裡去，被燈火烤死。這些死蠍子，可以賣給中藥鋪去做藥材，每一隻能換到一個銅元。

可怕的還不是毒蠍，而是張口吐信的赤練蛇，這些喜歡依人而居的蛇類，人們都管牠叫家蛇，傳說是護宅的生物，有象徵財運的作用，很少有人捕殺牠們，但那些俗稱花鐵練子的蛇類，滿身紅黃相間的花紋眞是恐怖，有些大蛇長過八九尺，大模大樣的盤在供桌上大啖供品，嚇得人不敢走吟進屋裡去。

至於老鼠，那就更多了，每個清晨，我醒後都會靜靜的睜著眼，看牠們由鼠穴裡鑽出來，不停的噏動鼻尖，沿著牆根奔跑，牠們黑眼亮灼灼的，一副機靈的樣子，油盞邊、糧甕上，都是牠們常逗留的地方，有時候，我和牠們的目光相遇，牠們一點也沒有駭懼的神情。日子久了，我約略的曉得，從樓下到樓上，共有多少鼠穴，每個穴裡住著什麼樣的大小老鼠，我和家人都沒有用鼠夾和毒餌對待過牠們，但老鼠們的處境並不好，鄰家的老黑貓，經常嘴裡橫啣鼠屍，緩步走在瓦脊上，夜晚，我聽到牆壁裡有鼠的尖叫，那該是蛇類用老鼠當成餐點了。

樓上的牆壁是由白粉堊的，也許年深日久受了潮溼，白粉都星零的剝落了，顯出不規則的斑紋來，有的像人，有的像獸，有的像花，奇奇幻幻的，使人看久了，不知不覺會走進那奇幻的世界裡面去。

抗戰裡辭家，離開故鄉的老宅，常常想念那裡的一切，像古舊的鏤花銅製吊燈，刻上唐詩的檀木椅，鬧窗的花影，溫暖油黃的燈色。逃難時，在一個親戚家的槍樓裡住過一冬和一春，那牆壁是石砌的，足有五六尺的厚度，任何子彈都打不透，沉重的木門包著鐵，開關都要孔武有力的人使勁推動滑輪，槍樓下層黑漆漆的，白天夜晚都要點亮放在壁洞裡的燈火，二樓和三樓有四面開著的射孔，也就有微弱的天光透進來。聽人傳說，這槍樓裡鬧狐仙，小孩爬樓梯時，不能對狐仙說不敬的話，否則，半虛空會伸出一隻毛茸茸的手打你的屁股。

離開槍樓，轉住到南鄉一個親戚的宅院去，古木森森，半畝地的大園子，園中有一座草樓，有木質的圓窗和雕花的曲欄，秋天，明如水的月光下，梧桐翻弄著巴掌大的葉子，使人想古代詩詞裡彈箏弄笆的少女，望月成癡，寫下許多使人吟哦感嘆的詞章，要是沒有戰亂，譙樓更鼓將裝飾多少美的夢境呢？

時代的風吹著，我是隨風飛舞的葉片，在青春歲月中，我住過無數陌生的房子，包括火燒的廢墟、空寂的破廟、街市的長廊，隨著開拔的號音，連回首緬顧的時間也沒有，甚至連記憶也在重疊中混淆了。

飄流到島上來，我仍是形單影孤的青年，黃昏後，最仰慕千萬盞家宅的燈火了，抬臉去看遠雲，也不知故鄉老宅，究竟是在哪個方向，哪片雲層的後面？當砲聲停歇，我實在想築起一個小小的窠巢，但收入微薄，作不起「有巢氏」的夢，結婚後，成了典型的無殼蝸牛，房子是短期租賃的，最先是在興建中的西螺大橋邊，一座有圍籬的柚子園裡，妻和柚子樹一樣的開始結實了，最初的家很簡陋，竹房子，有篷的窗，滿室綠幽幽的，窗外飄著微雨的日子，放眼望出去，那些碩大豐滿的圓柚，給人一種生命成熟的喜悅。後來飄離那裡，轉到南部山區，是高雄縣大樹鄉興化寮的山區，租賃了一家農戶的側屋，瓦嵌的花窗，老式的大木榻，很多可被當成古董的桌椅和妝台，幽暗而寧靜，房東阿公是個乾瘦的老頭，為人和善，經常邀我們去他住的廊房飲茶談天，那時我們還聽不懂台語，邊談邊學，在比手畫腳的情形下相互溝通。阿公教我們泡老人茶，談到大樹鎮街的改變令他氣惱，比如惟一的一家戲院，早年上演傳統的歌仔戲，都有板有眼的演些忠孝節義的故事，如今有些女演員，穿的衣裳眞不像話，前面缺一塊，後面露一塊，脫衫脫褲的黑白來，笑死人啦！……他又說起橫街上兩家茶室裡的壞女人，她們每天黃昏，搽胭脂抹粉的，當街招引男人不說，還把奶罩、內褲，和那些很髒的床單當街晾晒，眞是世風日下啦。我們在那裡住了一冬和半個春季，老阿公就病倒了，整個村子都在悄悄的傳說：老阿公患的是淋病，正是從他一直咒罵的「壞」女人那兒得來的，得病後的老阿公，仍然請我們去喝茶，但我們都再也不敢喝他所用的茶杯了。

緊接著，我們搬了家，搬到山坡上的另一家，租了兩間屋，大肆裝修了一番，房東阿媽是個極和善的老婆婆，喜歡有人和她一起聊天，她家宅前，有一棵碗粗的桂樹，桂花的香氣瀰漫了整個屋子，我們在那兒居住了將近一年，育養兩個孩子，度過早期的婚姻生活，也許四野太荒涼罷，我們發現那屋子常鬧怪事，像小女傭看見有人掀開蚊帳看小孩，夜半狗哭，長廊下經常聽到木拖鞋的聲音，最怪的是有人在深夜猛力推窗子，立即開窗去看，根本不見人影，有時停電點蠟燭，燭火無端的變成慘綠色，逐漸熄滅，但半小時後，突然又亮起來。老阿媽安慰我太太，說：那是家鬼，不會害人的，我兒子和兒媳，都死在你們住的屋子裡，他們經常回來，見有陌生人，難免會好奇，想多看一看嘍。

因爲這許多難以解釋的事，使我們又搬一次家，搬到鳳山鎮上去，向一位莊姓醫師租賃了一進屋子，那是一棟典型的老式城鎮住宅，狹而深，一進疊著一進，每進都有小小的天井，院角種植些雜亂的花木，我們祇是衆多的房客之一，那房子背後靠著最大的菜市場，從早到晚都很熱鬧，殺蛇的、賣野藥的、耍把戲的，各色都有，我早期若干作品的題材，多半取自那裡。

這樣又過了一年，我以一千六百元，買下眷區一幢自建的克難竹屋，說不盡的詩情畫意，都在貧困的生活中顯現出來，我把它當著一首青春的歌，凄苦和甜蜜相融的歌，於今，宅子越換越大，勉稱華屋了，但那段青春游牧的歲月，仍難以或忘呢。

——七十八年十二月・台北市

輯三・習字記

無河之獅

俗話說：一個被窩筒裡不睡兩樣人。仔細玩味，覺得頗有些道理，夫妻生活過久了，性格、意趣，生活上若干瑣碎的習慣，大多會自然的融合，處世的觀點，當然也會在無形中漸趨一致了。

不過，這種想當然耳的論點，有時並不完全吻合每一對夫婦，以我爲例罷，我在婚前滿身毛病，非但渾然不覺，反而自以爲是。我常以藝術家自許，把很多毛病，用藝術化爲藉口，一筆帶過；輕然諾，是藝術；忘記事，是藝術；不修邊幅，是藝術；大而化之，是藝術；生活逍遙閒散，固然極盡「藝術」的能事，但卻懶散到根本沒把心用在寫作上。

「我得娶個厲害點的老婆，管一管我！」我心裡著實這樣嘀咕過。

後來我遇上她，頗有孫悟空遇上如來佛之感，她是個堅毅剛強的人，脾氣直爽，開門見山，從來不幹拐彎抹角的事，也不講拐彎抹角的話；按照北方的俗語形容，她算得上是紅臉漢子，偶爾也有些時候，略略顯出一點兒溫柔。她凡事講究原則，凡是違反她原則的事，她毫無妥協餘地。

老實說，在現代的文明社會裡，像她這種直來直往的人物，已經很難見到了，如果我是沒稜沒角的圓球，她就是一塊方方正正的石頭。她對於虛僞的人情，繁瑣的禮數，無謂的交際應酬，深惡痛絕。她反對人被文明牽著鼻子走，遮掩了眞實的性情，揑起鼻子做一個假人，但我的個性比較平和，自以「吃虧人常在」，「退一步萬事皆寬」爲訓。有時太熱心、太老實，常爲了「不好意思」和許多人情的牽掛，硬起頭皮做假人，往往在這一點上，我們的意見很難十分調和。我承認她是對的，但我始終做不到，即使偶然做到了，也有些勉爲其難，這大概是先天的個性使然罷？或者在某種病態「文明」的煉爐裡煉得久了，有了羣性，卻減卻了自己眞純坦率的個性，和她比較起來，有滿心塵霧、面目全非之感。

我常常記取她的話：「過一點主動的生活罷？」那種家庭式的，純純靜靜的，溫暖安適的，追求性靈的生活，是她久久抱持的理想。但這許多年來，我走東到西的終日奔波，彷彿身不由主。有些時候，固然是熱心主動，有些冗煩的事務，確也浪費了很多時間。想到她苦苦盼望的生活一直沒能實現，總有一份歉疚。

記得許多朋友，常一語雙關的稱我爲「多產作家」，那就是指我的作品多，我的兒女也多。我的那口子肚皮很爭氣，婚後一年一個，替我生了半打娃娃。俗謂：兒多母苦，至少，她足有十多年沒睡過安穩覺。加上我不善料理家務，安排生活，硬把她的身體累垮了！如今，孩子們淘大了，她變成一個虛有其表的藥罐子。

儘管她處事的態度比較剛強主動，但作爲一個母親來說，對子女的關懷照拂，可說是細心溫柔，無微不至的。經常因天氣變化，提著一籃衣服，繞城一圈去送衣服，有一個孩子晚歸，她便在風露中守候著。她不但對自己的兒女如此，對我廿年來所帶領過的學生，也極爲關切。所以，我的學生們，無一不對這位老師母十分敬愛。

到今天，我的創作生活和婚姻生活，已經廿五週年了。廿五年在整個人生歷程來說，實在是一段漫長的歲月，我覺得我像品嘗橄欖，愈咀嚼得久，滋味愈甘，正因爲我們性格上有差異，所以在生活上產生了極大的鏡鑑作用。我是浪漫熱情型的，她是務本求實型；她的優點正好是我的缺點，我常用她的作爲當成一面鏡子，不斷來修正我自己，最顯著的例子表現在我的創作生活上。這些年來，我從不輟筆的這份耐力，就是深受她的鼓舞、協助和影響。

一般年輕人，對未來婚姻生活的憧憬，大多著重於情投意合、習慣相同等等，我的看法卻不盡然。如果說：丈夫愛睡懶覺，太太更是懶貓一隻，那豈不是日上三竿，猶自酣臥，糟蹋了晨光麼？我家那口子生活有計畫、有規律，對我這逍遙懶散的人，形成一種無形的精神約束，使我必須盡力維持這種日常的生活規律，藉以減輕她原已沉重的負擔。不過，這許多年來，在這方面我做得仍不夠理想，一切瑣務，增添她不少的操心掛慮。使她當初如詩如畫的生活夢想，變成一筆數算不清的爛帳，這責任是該我完全擔當的。

我常常對她說：要是她早生數十年，在革命的怒潮洶湧中參與，她也許成爲秋瑾般的人物；要是她戎裝披掛，她會是巾幗英雄，不幸嫁爲貧困的文人妻，她的犧牲實在太大了。一個困居於鐵檻獅子，無法以吼聲震世，祇能梳理自己的密毛罷？——我和孩子們已成爲她唯一的精神裝飾了。

我對這位久困於病的老賢妻，實在敬畏有加，她是一隻不吼的獅子，我精神上的鎧甲。有個祕密我實在不好意思說出口，——每年過年時，她總包個紅包給我壓歲，我每次拿到這筆壓歲錢之後，心裡總想我這個不爭氣的老頑童，哪一天能成熟些、乖順些，能多替她分憂解勞就好了！

——六十五年十月．台北市

拾級而登

做孩子的時刻，街坊鄰舍們曾經以不同的言語品評過我，有人說我眨著兩眼不說話，活像一個小老頭，有人誇我聰明，但卻屬於聰明反被聰明誤的那種鬼頭聰明，誇讚還沒有擔心的多。有說我是「成則為王，敗則為寇」，說話的神氣眞的斬釘削鐵，用從小看八十的觀念，硬要把人給「蓋棺論定」的樣子。我長大了究竟會變成什麼樣的人？題目倒很有趣，但我自己全不知道。

祇知自己的心很敏感，充滿好奇的探究和不著邊際的幻想，把扁大的落日想成拎在手上的燈籠，把滿天的星斗想成一串懸在簷間的鐵馬，把飄落的雪花想成珍貴的白糖，把天上的銀河和屋後的小溪用幻想聯繫起來，每天夜晚，都做著奇奇怪怪的夢。

開始時，我的世界祇有那麼大，高牆圍住的院落，院外的街，街外的村莊，曠野和覆碗似的墳塋，天是一塊拱形的蓋子，地是一塊圓盤，天地交接處的林木，就是世界的盡頭。我是一株初初萌芽的盆景，連許多鬍子花白，愛品評別人的老頭也是。

這能怪得誰？安貧守土原是中國傳統文化的根性，如果沒有瘟疫、饑荒、沒有澇、旱的災劫和兵燹，人們都願意自囚於承平，守著自己的家宅和土地終老，有一塊藍藍的傘蓋般的穹窿，已夠人優游了。

戰亂前，我生存的環境是那樣的單純靜謐；總是春秋自然的輪移，照耀人眼的桃花，綠進天邊的柳線，漫野紛飛的蘆絮，橫越蒼空的雁陣，刻成一幅幅畫境般的景圖，和熱烘烘的趕集的人羣，油亮的陽光，一野的塵沙相映，人和自然是那樣的融契，彷彿永也不會改變。

唯一在感覺裡轉動著的是時間的輪子：墳墓，留著花白鬍子的老人，古老灰黯的房舍，鹽霜剝蝕的牆磚，太多的事物上，都留下時間輪輾的痕跡，夜晚坐在茶樓裡，聽說書人說起前朝前代，那些煙煙雲雲的南征北戰，繁繁複複的離合悲歡，從而想到生命過逝之速，不由從心底泛出寒意來。時間在耳際呼嘯著，人是離弦的箭矢，飛著也是落著，歷史就這樣被留了下來，若干代生命刻印在上面，就像剝蝕了的磚面一樣，人，爲什麼活著呢？這便成爲非自詢不可的課題了。

這種繩結，是一時難以解開的，因爲自己對世界茫然無知，連一點模糊的概念都未曾建立，如何去解答呢？看來祇有敞開心靈，盡力去汲飲了。

也許因爲生存環境的關係，我最先汲飲的，記憶的，都是如詩如夢的事物，充滿了柔與美的感受，我雖然不懂得用文字去描繪它，但心底卻迴盪著一種無聲的歌吟，那樣的生活鋪展成我早期生命的背景，對我爾後的習作生活，具有極爲重要的影響。

隨著年齡的增長，新的經驗不斷流入，使我逐漸體認到，現實人間，遠非我想像的那樣單純，那樣美好，在戰亂的風暴把人呑捲進去之前，我已經從說書人急速敲響的鑼鼓聲裡，體會到歷史上天昏地暗，日月無光的廝殺，想進一步的深究，我開始接觸書本。

老宅子的一座閣樓上，堆滿了破舊的坊本書，那是我唯一能夠看的，因爲我認不得字，專看扉頁後面的繡像，我看到胸前生著一綹黑毛的劊子手，兩眼暴凸，叢髯飛張，正用鬼頭刀揮砍一個跪在法場上的囚人的頭顱，看到有人落著淚，滾釘板告御狀，有人被人從身後推落懸崖，在另一本書裡，我看到剮人的木驢，那是專爲一個謀害親夫的淫婦準備的，……我把那許多圖景和聽過的書比照起來，居然揣摩出畫上的情節。

人活著究竟爲什麼呢？我又聽見發自內心深處的自詢的聲音了！要是有一天，我能夠看得懂書本上的字，那該多好？我慕學的心，實起於求知的欲望，但抗戰的風暴一起，使我這一生再也無法進入學校的門牆了，既不能去上學，我祇有去讀生活，去聽人講述各種人世間發生的故事，離開了故宅和家人，我曾用曠野當成眠床，天蓋當成被子，學習適應那種流浪；從倒地的屍體含怨的臉上，感受時代的悲劇，生活像活的泉水，溢滿我的心靈，使我湧溢著表達的願望，用文字去表達似乎是最實際的方法，——那是我學習去認字的主要動機，我一方面渴求閱讀，一方面渴求釋放內心的感受。

識字的過程並不艱難，正像捉甲蟲一樣，每天捉牠三隻五隻，日積月累，使我很快的便能看書了，我最早看的書，仍然是唱詞類的最淺俗的坊本，後來才勉強能啃動一些說部和筆記小說。

當然，寫白字，念白字的情形太多了，有些根本認不得的字，我把它們叫「攔路虎」，祇有捧著書去問旁人，遇到一隻打一隻，這種情形，一直持續到今天，我雖然塗鴉半輩子，說穿了，仍然是個常讀白字的人。

寫作除了情眞意切，還在反映生活的同時，運用思維，人活著究竟是爲什麼？這種自詢的聲音，仍在不斷逼著我去虛心的探求，我私心總以爲：文學不是空洞的說理，它得透過生命中湧溢而出的眞純的情感，透過悉心繪出的感人圖景和精神境界，像春風般的吹拂人心，我雖然極爲淺浮愚拙，但卻不願更改初衷初志，寧可忍受著風雨和貧寒，一直堅守下去。

如果勉強說我的作品有怎樣的特色，我想，該是悲劇色彩異常濃烈罷。在《荒原》、《狂風沙》和《狼煙》裡，我寫反抗不人道時代現實的鄉野英雄的受難和犧牲，那是勇壯的悲劇。在《鄉野傳說》和《秉燭夜譚》裡，我嘗試揭現古老中國原始的心靈，鬼、神、命運……那些鎖結在人意識深處的牢結，顯示出這一民族參差的精神層面，這些多半是寫保守愚昧的悲劇，也可以說是精神的悲劇，——源自於外界現實的重壓。

苦難的生活經驗，給予我本身濃烈的悲劇感，也激發了我內心恆常懷有的，人道的悲情：當我在燈光世界裡執筆爲文的時刻，這種感受更深更切，刻骨銘心。我始終認爲，悲劇不是沉落，而是人生儆醒和激發的起點，因此，我筆下的悲劇，多特別著重於人對命運，環境，性格的不歇的抗爭，顯示出生命本身就是一種壯美的完成！我更希望這些多屬人爲的悲劇，祇是人類生活中一種無可避免的過程；在通向未來的路上，人類必會醒覺起來，致力於和諧的，合理的，人道的境界的追尋。

這也許實是我不揣淺陋，奮筆不輟的緣由了。

將近卅年的時間，我的創作生活一直是艱辛的，最早在部隊裡，到東到西居無定所，我祇能使用劣質的拍紙簿寫稿，把寫成的稿子背著行軍，夜晚歇下來，自己作爲讀者。一塊圖板放在膝蓋上，就是書桌，一隻繩穿的小板凳就是椅子，在操課和戰鬥的時間牙縫裡，胡亂的寫上幾行。成了家之後，有了一塊聊可遮風擋雨的屋頂，雖然也是租賃來的，前後搬過好幾次家，那要比行軍宿營的生活安定得多了，因此，作品的篇幅上，可以放寬一些，作品的產量，也有了顯著的增加。

從開始運筆的時刻起，我就沒考慮過表達技巧的問題，因爲我根本不懂，祇知道心裡有東西直撞出來，非抒發不可，就用筆尖順著心意去流放，流到哪裡是哪裡，是什麼樣就是什麼樣，結果是粗豪有餘，細膩不足，越是寫得多，退稿也就越多。

後來我發現，生活語言的汲取和濾煉，文字的駕馭和適切運用，仍是極爲要緊的，作品的表達技巧原無定法，全在於作者巧妙的運用，若想做到筆隨心轉，靈活自如，除了深深浸淫於生活，通過眞誠的感受，細微的觀察，高度的想像之外，對文字運用內在感覺的培養，實爲表達的關鍵，你想使作品顏彩濃烈？你先要培養題材的色彩感，你想使作品洋溢著詩的情韻？你內心裡要有那種無聲的歌吟：你想以眞摯的情境感動讀者？那你要把整個生命和筆尖合爲一體，而這些，無法像科技知識那樣刻板傳授的，總結起來，仍著重於「靈」「悟」二字。

生命的本身，像是一座七寶樓台，每一層有每一層的境界，每一面有每一面的風光，靈和悟會引導著我們去爬升，登得愈高，望得愈遠，參得愈透，若能使天、人、物我合一，到我即非我，非我即我之境，御筆如古代俠士御劍，那時候，表達的阻礙網便再也網不住人了。

在南部無窗的斗室裡，我面壁讀書寫作，做了將近十年守夜的人，想是苦苦的想過，但限於學識經驗以及資質的魯鈍，我在作品方面，始終極爲貧薄，徘徊在生命之塔的頂下層，無法向上攀升。

儘管這樣，我仍然沒有灰心，沒有氣餒，希望藉著對人生不斷的參悟，悉心求取境界，更盼著一座熱愛和勤奮的運筆，使我在跌倒後能自行站立，再向前行。這些年來，夜夜孤燈串成的日子，留著我思想和感情的痕跡，無數張稿箋上，都曾落有我灰白的髮莖，將近六十部已經出版的作品，足以標明我的不屈，以及我對文學的熱愛和誠懇，文學所面對的，原就是無限的人生。

我並沒有像做孩子的時刻那些鄰舍們界定的那樣，沒有變成祇會眨眼不會說話的小老頭，也沒有以一點鬼頭聰明自誤誤人，憑空浪擲掉寶貴的光陰。我沒有封疆之志，但也沒淪爲盜寇。幾十年過去了，我仍然祇是一個向世探究和學習的學生。也許終其一生也難以攀登文學的高峯了，但我懂得抬頭去仰望，一心待著當今能有超越者出現，以他的作品，融合這時代人羣的心志與願望，並代表我們全體，在歷史的長廊間卓立，那我們不是足夠寬慰，足夠安然麼？一個守著貧寒，守著長夜的靈魂，永遠感恩於中華大地的化育，歷史的鞭笞，文化的哺餵，創作對於我，已經是必須自承的責任，因我每一筆畫所表露的，無非是感念於你，期望於你的心胸。

我的付出雖很卑微，但你必將接納，不是嗎？我所愛的民族，我生是你的子民，死是你懷中的一掬泥土！你是我思想的根蒂，智慧的源頭，我祇是將從你取得的還納給你，我的作品可以擲地無聲，我的生活可以像風一樣的貧窮，但我保有了你所賜予的感覺，在精神上，我始終富有！我自知不敏的縮立於歷史之外，是否仍將有冥頑之譏呢？——由於我凜承於你的意旨，無論發乎內心或見諸筆下，對人的位格，始終如一的堅持！

——六十七年四月・台北市

我的少年時代

我是生長在北方平原一個荒寒小鎮上的孩子，我父親早年學書學劍，都沒有什麼成就。回家後，做個詩酒留連的太平紳士，爲地方上排難解紛，倒是頗得閭里仰仗。他生平講究無慾無求，最愛蒐集古物和書籍，紫檀木的書櫥裡，閣樓頂上，到處都是書。

在我沒入塾前，他寫了許多字塊兒，繞牆貼了三圈，時常教我挨著認字，有時也教我習誦最淺俗易解的千家詩，這使我在七歲前，就粗識文字了。仗著那點兒認識的字，我便亂翻一些能約略看懂的書，像亂堆在閣樓上的唱本、繡像通俗演義、牙痕記、再生緣、臨潼鬥寶、秦雪梅弔孝、李三娘磨坊產子、粉粧樓、野叟曝言、燕山外史、玉梨魂……等類的，書裡有不認識的字，俗稱攔路虎，每隔三兩行，攔路虎就出現了，得捧著去問旁人。

父親說這些是閒書，讀來長不了學問，要我早點入塾拜師，當時，北街大廟裡，有個住持和尚源淮，大家都叫他淮和尚，他兼辦一個塾館，母親便領著我，攜了紅包封妥的拜師禮，到廟裡去拜師了。

我在大廟塾館裡，算是年紀最小的學生，念的是：人手足刀尺，和山水田，狗牛羊那類的啓蒙課本，比我早進塾的人，都在念大學中庸，論語孟子了。

淮和尚教塾，要求很嚴，而且「打」字朝前，背書不熟，要罰跪，跪著再背不熟，要挨戒方，他的棗木戒方有三塊：大號的、中號的，和小號的。我常挨的，是小號的，他說是最輕，但我捱不了兩三下，手心便麻辣辣的腫成饅頭啦。好不容易念完兩冊讀本，進而讀三字經、百家姓和千字文。那些書，我讀也能讀，背也能背，但就差一個懂字，背著淮和尚，學長們教我把書本改讀成很頑皮的流諺。像：人之初，性本善，越打老爹越不念。像：趙錢孫李，周吳鄭王，挨了戒方，好像吃糖！

有時，站起來背書，是用咿唔吟哦的調子，有些詞意不解的，衹好含糊籠統唱過去，打了馬虎眼，淮和尚未必聽出來，有一回我把「號洪武，都金陵，」唱成「敲紅鼓，鍍金鈴，」居然也矇混過去了。

不過，淮和尚對待塾生太兇，使我把上塾視爲畏途，我開始找各種藉口，躲避到塾館裡去，我母親卻非逼我去不可，五歲那年，叫長工扛我上塾，到廟門口，交給淮和尚接手，照扛不誤。我急了，猛抓猛咬，把他光禿禿的和尚頭啃掉一塊皮，血淋淋的，這在當時，是大逆不道，駭人聽聞的，結果，家長去道歉，把我領回來，兩年塾館生活，就結束了。

秋天，家裡改送我去洋學，因爲有私塾的根底，我插班念三年級，那裡自由得多，但我仍開不了竅，一次上作文課，老師出題「我家的狗」，我寫得極短，原文是：「我家沒有養狗。」祇比題目多兩個字而已，作文簿發下來，我的成績是「丁」等，當然是在最後一名了。……不過，到另一個學期，我弄得兩本書，一本是「匡橋日記」，一本是「文藝描寫分類辭典」，有了這兩宗法寶，每逢作文或寫日記，我是原文照抄，結果都得「優」等，抄書抄出興趣來，我學著會寫一點了。

三年級成績好，一跳便跳至五年級，我的作文還過得去，算術又成了問題，因爲那些算術指南上的四則難題，我一竅不通，作業都借人家做好的一抄就交卷，我最大的興趣是看閒書，什麼彭公案、施公案、海公大紅袍、薛仁貴征東、薛丁山征南。五虎平西、羅通掃北……全都看得津津有味，小學沒畢業，戰亂起來了，學校宣佈關閉，我就失了學了。

人在年輕時，求知慾特別強，我十歲那年，父親嘔血逾斗，在戰亂裡去世了，我不用上學，成天窩在家裡看書，父親所遺下的衆多典籍，我差不多全翻閱過，由於程度不夠，祇能揀些能看得懂的先看，——那是我自學階段的開始。

後來，我離了家，在浪途上飄泊，背囊裡，始終帶一些我愛讀的書本，同時，我讀書的範圍，也從舊的通俗坊本，進入新文學的領域。……那時，書籍非常稀少，從不爲人選擇，我們祇能找到什麼看什麼，由於戰亂中書刊得之不易，使我異常貪婪的吸飮著那些作家的心靈。回憶起來，當時我所讀的那些文學作品，水準上有很大的參差，至少，它的人生展現面較廣，生活性強，能與時代共同呼吸，使人捧讀之餘，獲得很多的感悟，這該是它們最大的優點。

我一面流浪，一面自己閱讀，在我的成長期間，多方面的生活哺餵著我，廣大而生動的語彙，竟成爲我今天在小說寫作方面的重要的本錢，在當時，我根本沒曾想到過。我可以這樣說：少年時代的經歷，是一個創作者寫作的泉源。生活、人羣和土地，給我以智慧，這時代造就了我，我是永生銘感，長誌不忘的。

如果不是逢著戰亂，我也許會在家鄉荒寒的小鎮上終老，過一生悠閒平靜的日子，飲飲茶，喝喝酒，泡泡澡堂，溜溜畫眉鳥，把感覺放在歷史的煙雲中，使自己的一生留在那些煙雲之外，不留一絲痕跡。但時代的烈風吹捲著，無數痛苦的悲劇展現眼前，一張張飄落的人臉究竟不是春殘時的落花，單單寫出些傷春的詠嘆是不夠的，因此，我產生一種極自然的原始衝動，要把一心的感覺和經歷，用拙筆述寫出來。

開始習作是在十一、二歲，寫得很零亂，很膚淺，但我的創作慾異常強烈，也可以用「沉迷其中，無法自拔」來形容，從一個農民到一個兵士，即使在火線上，我也沒中輟過我塗塗寫寫的習慣。

我是一個熱愛生活的人，也懷有創造生活的夢想，我不斷的汲取生活，使自己的生命增加廣度和厚度，它不但增添了我的學識，激發我的思想和智慧，同時也在無形中變化了我的氣質；對文學藝術的熱愛，使我在無形中面對了無限的人生。

也許是個人經歷帶給我的感覺罷，我總覺得：一個人活在世界上，無論經歷了什麼樣的艱難險阻，吃盡了多少的苦楚悲酸，祇要能留下記憶來，都是美好的，無歌無夢的生命，才是人生最大的悲哀。我當年曾經怨苦過的生活，不都轉化成豐繁的寫作題材了麼？

記得海明威說過：不幸的童年，是創作的泉源。我的童年，正處於幸與不幸之間，把承平和戰亂互相比映，益發促使我去思想、去參悟。我緬懷著往日安靜寧和的生活，承平歡樂的氣氛，離家之夜那種刻骨的痛傷！……無論流落到哪裡，心裡總懸著一幅墨沉沉的圖畫，那是家宅的影子，小鎮的影子，甚至連庭樹庭花的形象，都依稀可見。這種鄉土的情感，在我一系列的散文作品裡表現得最多，我把它們結成一集，定名為「鄉思井」，取意：鄉思如井，點滴深沉，也許能符合我原初的意念罷？我總想通過戰亂流離，覓回記憶中的往日，並願普天下新生活的少年們，都擁有如夢的生活。

在烈風吹捲的時代裡，我是個卑微平凡的人，但我總懷著堅定不移的生活理想和生活信念，一點一滴的實踐著，古人形容「聚沙成塔」，那是需要時間和耐力的，而現實生活，是一座烈火熊熊的煉爐，有些通過熬煉的，會變成精鋼，有些通不過熬煉的，便淪為渣滓，一位深具學養的長輩曾經教誨我：理想和夢想，事實上有很大的區別，能夠不斷實踐，圖以實現，可算是理想，單單意想而不圖實踐的，祇是夢想。

後來，我又曾摘錄了兩句古語，懸於座右，用以警惕和激勵自己，其一是「行百里者半九十」，意思是說：一個人實踐他的理想，往往到最後關頭，失去堅持到底的耐力，而功虧一簣。其二是「志乎上者，僅得乎中」，意思是說：人在少年時代，意氣風發，大都胸懷壯志，有凌雲之想，但當成長之後，步入社會，或迷溺聲色犬馬，或爲環境左右，在力行實踐方面大打折扣，終其一生，如果能做到一半，已經不錯了。這兩句言語，看似平常，實在是洞燭人世的經驗之談，我們能不警惕麼？

從一個流浪者到成爲一個保衛國家的兵士，我把軍中當成生活大學，把生活當成浩瀚的海洋，何必爲不開花的青春怨嘆呢？我堅信，人在任何困苦艱難的環境中，都能夠造就他自己，付出他的光和熱，那似乎沒有別的奧祕，用誠懇虛心，學習著汲取人間知識，增加本身生命的深度和廣度，用對國族的熱愛作爲鎖鑰，開啓你的智慧之門，你精神的形象，便會逐漸的傲岸起來。

當我踮起腳尖，在完全陌生的地方，像看星一般仰望著別人家宅的燈色時；當我枕著冰冷的槍枝，蜷縮在寒風流咽的廊間時；當我伏身潮溼的壕塹，呼吸著硝煙時；我的思想和我的愛，在伴同我的呼吸。我最最關愛的少年朋友們，你會不會想到？——在你們降臨到這世界上之前，已經有很多很多的人，給予你們最熱切的等待、關心和愛，我祇是尙在存活的無數人當中之一罷了，還有更多的人，早已成爲中國的泥土，你們看不見那些形體，那些抱有「爲萬世開太平」的勇士，祇能使後來者通過「氣化春風肉作泥」的詩裡，感覺到春的溫暖，愛的青葱。

生長在溫室中的少年朋友，你們是否在靜夜裡思想或感悟過這些？是否願陷於軟性生活的網絡？祇求滿足螢光般微弱的自我？是否勇於逞強私鬥或甘於平凡？放棄唯一能夠造就你的動力——一個屬靈的自我！

古人說：世事洞明皆學問，人情練達即文章，你們——壯志干雲的一羣，始能務本求實，誠懇嚴肅的充實書本上的學問，然後再勇敢的投入生活，融化生活，進而提領和創造生活，未來中國的遠景，必然經由你們生命，塗繪成一片不可逼視的輝煌。

——六十六年二月·台北市

習字記

我小時候，父親曾教我寫毛筆字，告訴我，握筆要正，捏筆要緊，掌心要空，磨墨要慢，寫字時要心神專注；但我天生質拙資庸，寫出來的字像狗爬，自己看了都覺得臉紅，記得最初使用描紅簿，上面寫的是：「一去二三里，煙村四五家，樓台六七座，八九十枝花。」我心神不屬的描過上百遍，照樣輕浮歪斜，字寫不好反怪筆不聽話，常用舌頭吮筆尖，一張紙沒寫完，臉上都是墨跡，活像戲台上的張飛。

後來送我念洋學堂，每天有一節寫字課，老師規定，每人要寫一張大楷，三行小楷，我因爲貪玩怕寫字，就儘揀筆畫最少的字寫，像：一，上，下，人，丁，十，小，大，于，千，當別人還在苦寫時，我總是最先交卷，跑出去玩了，有一回，老師拿了一本辭源，翻到最後幾頁，對我說：「你太喜歡取巧，罰你寫這些筆畫最多的。」這一來，我可慘了，別人寫完字，我連一行都沒寫完呢。

正巧當時戰亂來臨，學校解散了，我連書也不能再念了，毛筆字當然也就不用再寫啦。

抗戰期間，我東奔西跑，再也沒有機會和翰墨結緣了，我的字也就變成爬爬蟲，一直寫不好了。

後來東塗西抹的學著寫稿，用鉛筆畫字，也祇能畫出字形來，談不上什麼懸針垂露，奔雷墜石，毛筆的藝術，離我越來越遠，當兵當久了，覺得拿筆比拿槍難得多，我當參謀的時候，我的長官經常笑我說：「顏柳歐蘇，你的字寫的是哪一家的體呀？」我紅著臉說自己根本沒臨過帖，長官說：「那你倒有點才氣，你的字很像夏威夷姑娘跳草裙舞呢。」

時間飄漾飄漾的過去，社會上的人，普遍使用鋼筆和原子筆，誰的字好字壞，也不像早先那樣講求了，我也就在這時代的夾縫裡活著，說我寫的字不好，可是如今很多年輕人寫得更差，各種怪體紛紛出籠，滿街的招牌字，沒有幾個清新脫俗的，廿多年前，我應聘去菲律賓，爲華僑子弟講課，發現那邊的中國孩子，字都寫得很規整的，我問一位老僑胞，他說：「我們遠離祖國，沒有太多祖國文化好傳給孩子們，無論如何，毛筆字是最先要傳下去的，在這兒，每家都會買紙墨筆硯，教孩子寫毛筆，這樣才不會忘記自己是中國人。」

我聽了這話，禁不住暗自臉紅，爲什麼自己這許多年不提毛筆呢？回國後，去花蓮演講，早上，幾位校長來請我吃早餐，帶了一位十多歲的小朋友來，一位校長特別把他介紹給我，稱許他是花蓮之寶，說他曾得過美展冠軍，國畫畫得非常好，並且說：「他常讀您的作品，十分崇敬您，他這次特別帶了松，竹，梅，蘭四幅畫來，請求您爲他題字在上面，好留作紀念。」我再一看，那四幅畫已經鋪在長案上，墨也磨好了，筆也架妥了，我祇能打心裡暗叫，苦也苦也，我這筆字，能配得上人家畫嗎？寫上去像烏鴉拉屎，準笑掉人家大牙，但是逼於情勢，不寫又不行，祇好硬著頭皮，用歪字寫了幾首歪詩，寫完一看，祇有奇醜無比四字可作形容，回程時，我在車上流下幾滴慚愧的狗熊淚，眞是糟蹋別人精心之作，罪莫大焉。回家決心買毛筆，重新練字。

當時筆墨確曾買過，事情一忙又丟在一邊了，一丟就是廿年，去年有人來求我的墨「寶」，才又給我一記當頭棒，敲醒那些前塵往事，這一回，我眞的痛下決心，要開始練習寫毛筆字了，我買幾十枝毛筆，端硯，宣紙，大張旗鼓當了老學生，最初寫的字，用圖釘釘在牆上看，左看也醜，右看也醜，遠看也醜，近看更醜，我請教一位習字有年的朋友，他說：「有些人的字，祇能睡著看，有些可以坐著看，等到掛上牆，能站著看了，那才勉強算是字，你慢慢的練罷！」

我自知不敏，祇有每天苦練了，記得開蒙課本上念的字句：「少不學，老何爲？」我到花甲之年，才開始認眞學毛筆，並不是想成就什麼，而是用以彌補年輕時荒疏之過罷了。古人訓誨我們說：「業精於勤，荒於嬉。」非但寫字如此，做任何事情，也都奠基在勤勞有恆上，從前有位大書法家，臨池學書，池水盡墨，也有的寫禿了五大籮筐的筆，才能達到高深的境界，這些書家的事蹟，實在值得後世人傳爲典範的。

隨著時代的演進，書寫工具講究方便快速，社會大衆，多使用硬筆，傳統書法的實用性，受到嚴重的考驗，有人以爲寫一手好字，也不能當飯吃，但傳統書法是一門人生藝術，卻是無可置疑的，它能凝聚人的精神，變化人的氣質，拓廣人的心胸，培養人的毅力，提高人生的境界，所以當今仍有許多受書法之惠的人士，在大力提倡。

爲了學習寫毛筆，我便有了收藏法帖的興致，在深夜燈前，檢玩歷代書家的字跡，眞箇是琳瑯滿目，美不勝收，一般人都知道，在練字的過程中，臨摹法帖是必經的步驟，而臨帖祇是方法，不是最終的目的，前人常說：「入帖容易出帖難。」有人學柳體，寫了一輩子，學會了柳公權卻失去了自己，書法評論家把這類人稱做「書奴」，顏魯公形容慣用深墨重筆，把活字寫死了的人，「慣隨流俗，自取其累。」的是一針見血之論。

有體有格，是學習書法藝術的人，一致努力追求的，像二王的出神入化，柳字的風骨，顏字的厚重，歐陽洵的古拙自然，懷素的飛轉靈動，都深度展現了他們生命的風格，古人寫的字，落筆之際，都提氣凝神，中鋒直下，到了唐宋之後，有些書家轉用偏鋒，取其柔媚，但在氣勢上，便逐漸失去磅礡之感，明代北方流行的宮廷書體，大多有肉無骨，神韻盡失，南方書家雖技法純熟，也失之於小巧。有些厚古薄今的人，常說民國以來，傅儒之後，已無大書法家，這種說法，也未免流於偏激，就拿過世不久的臺靜農先生來說罷，臺先生的字，融古入今，化草棣篆爲一爐，壯如山丘，巧奪天工，蘊蓄中潛藏著靈躍飛動，論形之美，骨之奇，神之凝，氣之沛，更直貫唐宋，傲視明清，將一個儒者高超的品格，豐厚的學養，顯露無遺。當然，還有更多當代書法家，他們都不是在朝顯達的人，本身謙沖恬淡，藝術上雖有相當成就，但不屑於自我吹噓，默默耕耘但鮮爲人知的，還大有人在；如此一來，形成了好字不出門，臭字滿天飛，要是我們再不大力提倡傳統書法，恐怕日後的毛筆字，會變得更爲有形無質，淺俗浮薄了。

像我這樣愚陋的人，臨老了還走進毛筆的幼稚園，去當一個永不會及格的學生，可見傳統書法之迷人，面對著那些聳如泰嶽的書法前賢，雖不能至而心嚮往之，有志之士，何不滙合起來，來它一個群體大登山呢，我爬不上去，替諸位提鞋送水也是好的。

——民國八十年四月廿七日・台北市

此生衹願作書囚

少年時期：在烽火征途上，曾有過豪情歲月；但過分偏愛書本，被粗獷的夥伴們譏爲文酸；也許是求知慾強，不甘在戰亂中失學罷，對於書本的愛好，就近於癡狂；在激戰中進入火燒的城鎮，我總會像土撥鼠一般，在殘垣斷壁中，翻覓一些破損缺頁的書籍，把它們收進背囊；人又小，背包又重，夥伴們罵我自討苦吃，但我樂此不疲，把看完的書本丟掉，很快又找到新的。

在風嘯馬嘶的夜晚，我會藉著篝火跳動的光亮，翻寶似的翻閱新得到的書本，對明天將來到的戰鬥，都不再去多想了。我總夢想有一天，當砲聲停歇，烽煙不起，我該止住飄泊的腳步，回到故宅，重建一個詩書滿架的窩巢，安享泥土、花卉和書卷融合的芳香。但隨著時間的輪轉，戰局的推移，我的腳步走向遠方，眞箇家遙夢遠，我的書架，就放在自己的肩膀上啦。

來台後，和妻共築窩巢，卻是有家而無舍，一直臨時賃屋而居，經過一段時間的儲蓄，我們買了一個楠木書架和一張書桌，把我們心愛的書籍陳列起來，而那張書桌，也就成爲我婚後寫作事業的起點。那時候，我住在台灣南部的小鎮上，克難的竹屋，天光處處，貧窮噬咬著人心，偶然讀到作家鍾理和寄贈的作品，充滿了同病相憐的意味，尤其他提到作爲一個寫作者，如何夢想能擁有一間單獨的書房，他曾感慨的比方說：寫作者的書房，像婦女的妝台一樣重要。但他奮鬥多年，仍然貧病交迫，抱憾而終。一年春天，我曾經到美濃去，在春天的霧雨中，呆望著笠山，感受他畢生經歷的淒涼。

我的夢想又復活了，總夢到一間單獨的書房，几淨窗明的小小天地，滿架詩書，供我在其中倘佯。有時和妻在街頭散步，常指著一些造型雅致的小樓，說未來我的書房，就要像這樣，但夢太高邈，我們總用相對一笑結束它。

舉家北遷後，仍做著經常搬遷的游牧民族，並無一塊立足之地，臨時租賃的房子，空間太小，祇能把書籍打捆，塞在床肚下面，偶爾取書，要學狗爬。又過了三四年，我們終於咬緊牙關，訂下一幢二樓的國宅，甭看房子很小，單門獨戶，邊間有院，對當時的寫作界而言，還算挺豪華的呢。我在那棟宅子裡，夜夜挑燈運筆，苦寫了廿年，但單獨的書房仍是夢想，我的那張老書桌，寄附在臥室裡，爲怕驚擾妻的睡眠，便用厚厚的黑色紙板，糊成特製的燈罩，使燈光緊束在稿紙上。

這時我們的書籍大量增加，無處安置，請了木工來宅，做壁櫃，做吊櫥和頂櫥，不久又塞滿了，祇能讓書籍靠牆壘疊，樓梯、過道，全是書，木工笑說：

「要是把這些雜亂書本賣掉，你們家還是滿寬敞的呢，我眞不懂，你們要這許多書幹什麼？」

我們如何能對他解釋清楚，在抗戰期間的戰地，一書難求，有了一篇好文章，大家都相競抄寫，書籍在我們眼裡，貴逾金玉，再窮再苦，我們都保有書，也保有了精神的財富。

「讓我們爲這些書，再購置新宅罷。」我說。

這回遷到山中的新宅來，我總算得到妻的協助，容我在地下層有了單獨的書房，四座到頂的書櫥，加上許多半截式的書櫃，仍然容納不下我的書籍，祇能把已經讀過而無必要長久保存的書刊挑出來，捐贈給需要的單位，才能免於它們氾濫成災。深夜坐在燈前，我對鍾理和先生有著更深的緬懷，同樣是寫作的人，我辛苦半生，坐擁書城的初願並沒落空，比起他生前病困潦倒，抱憾辭世，我眞該感謝上蒼特別的恩寵啦。

書房橫窗外，有一方小小院落，友人贈送了四株銀桂，我便把它們栽植在花壇中，它們四季放花，幽香暗送，月明之夜，花影鬧窗，別有一種幽寧的詩趣。妻和孩子們經營後院階梯式的花圃，培植了各類花木數百種，在不同的季節，都有花香、土香飄進書房來。秋聽蟲鳴，冬偎爐火，我在燈前守夜，心靈是開曠閒適的，不論是展卷閱讀或是伏案爲文，常有不忍入眠的感覺。

有些關心的朋友，詢問我爲何不將書房設置在視界遼闊、宜乎遠眺的頂樓，那兒陽光明亮，綠意滾延，但我卻偏愛地下層，自覺讀與寫，貴在沉潛，面壁潛修，更能激發我的思考，增進我的感受。目前的社會太過忙碌，一般人生活中都缺少適度的閒靜，我能夠脫出打卡上班的困擾，做一個山野閒人，蒔花弄草之餘，以讀與寫爲樂事，夫復何求呢？孩子們都已經長大，走的走了，飛的飛了，我們的日子，儘多閒靜，我和妻經常對坐在微風輕拂、日影遲遲的宅子裡，各自做著自己喜愛的事，常來的訪客，是山中的鳥雀和鄰舍的貓犬，古人詩上說：「不是閉門防俗客，愛閒能有幾人來」，但我們並不寂寞，這種花開了，那種花落了，在書香、花香、土香兼具的書房，我寧願長久的做一名書的囚人，展開精神的翅膀，臥遊天下，更進入廣闊的歷史空間，和古人共遊共語，這種感覺，如龍之入雲，魚之入淵，要比祇見眼前的感觀之樂，聲色入娛，強過萬倍呢。

去冬寒夜，回首前塵，自撰一聯云：

有家無室飄零久，
此生祇願作書囚。

也許這正是我心情的眞實寫照罷。

七十六年・元宵節・台北市

垂釣

在溪流縱橫，沼澤遍布的地方，做孩子的時刻，便學會垂釣了。魚竿是用老蘆柴做成的，釣線是雙股絲線，釣鈎是用縫綴的針在燭火上燒紅，自己拗成的，魚餌用油麵或是紅色小蚯蚓，沒有魚簍，就端一隻粗陶的罐子，這些用具準備妥當之後，便一路笑著唱著釣魚去了！

選擇什麼地方下鈎呢？當然是有人釣魚的地方，想像中，人很愛熱鬧，魚當然也愛熱鬧的。但那些常常垂釣的老釣客，一遇上我們，眉頭就像蛐蛐咬架似的鎖緊了，叱喝和埋怨都不是辦法，釣魚的人，誰都有權選擇地方，他們不得不耐著心腸跟我們講些垂釣的經驗。

經過一段時間之後，逐漸領略到那些經驗之談是對的，垂釣的人，必須要悠閒靜默，鬨笑和喧譁會驚走魚羣的，那就是爲何老釣客都釣著較大的魚，而我們晒黑了臉，祇能釣得一兩尾小魚小蝦的緣故了。

學得專心靜默還不夠，得要再學釣魚的技巧；老釣客釣線上的浮標是粗鵝毛根串成的，一串有十多節，在水上彎成優美的弧形，而我們的浮標祇是一節橫繫的高粱莖，魚在水面下吃餌時，有經驗的釣者一看就知吃餌的是哪一種魚？形體多大？有多少重量？

通常，較大的鯉魚吃餌時，開始時，不緊不忙的很有耐性，魚浮標輕微緩慢的點動著，並不急速下沉，這表示牠正在試餌，有時浮標的點動，不是魚在食餌，而是牠用身體或尾部觸餌，這時，你祇能耐心等候著，鯉魚在吞餌時，浮標的點動緩而重，大約點動兩三次，餌進了口，浮標便下沉五六節之多，當牠發覺餌裡有鈎，拉著疼痛，牠便上浮一些，試圖把餌吐出，這時，下沉的浮標轉而上升，釣者的術語叫「鯉魚送鈎」，送鈎之際，正是釣者提竿最好的時機。

如果吞餌的是身形較小，生性靈敏些的鯽魚，牠們通常都不試餌，而直接吞食，浮標點動很輕很快，一旦餌入魚口，拖了便走，釣者可在浮標急速下沉時提竿，十有八九不會釣空。

細鱗呈彩暈的鯿魚和柳葉形的鰺魚，吞餌時，浮標微微點動，連續而快捷，忽然斜向下沉，表示魚已拖餌而逃，但這種魚的嘴尖而小，容易脫鈎。

大頭鮎魚和身有黃斑，背有硬刺的鋼刺魚，吞餌是沉猛的，完全是硬派作風，也極容易上鈎，不過，釣牠們要提竿快，這兩種魚力氣大，嘴裡有細而銳的牙齒，常有咬斷釣線吞去釣鈎的情形。

就釣論釣，這些經驗得來並無困難，一個常常臨溪垂釣的人，都會逐漸懂得魚的習性，知道在什麼時刻垂釣，能釣得多，像天色初曙或是月明的夜晚，魚羣四出覓餌，是釣魚的好時機，有時沼面廣闊，魚羣分散，必須在垂釣前幾個時辰，選擇池邊萍草較稀的地方，投入香油炒熟的麥麩，誘引魚羣匯集，這叫「做魚塘」，到時候，在魚羣匯集處垂釣，收穫自然豐碩了。

漁獵是世間正式的行業，但漁人多半使用網罟，絕少以垂釣為業的；年紀較大一些的時候，才體會到多數喜愛垂釣的人，主要的興趣並不在魚，而是將身心融入自然，徜徉山水之間，領略幽與閒的情趣，如果風波不起，歲歲承平，作為一個釣者，應該是豐足而快樂的，四季的景色不同，除了冰封溪沼的嚴冬，其餘任何季節都適於垂釣，野花夾岸的溪邊，樹影蓊鬱的沼畔，水面的雲影波光，都會使人心神舒暢，感悟良多。

及至辭家流浪，兒時所愛好的，全都遠遠拋到身後去了，偶在山邊水涯，看到一竿在手的老者和孩童，那種陶然的神情，實在使人企慕，這些年混跡都城，雅趣閒情已被忙碌的生活磨蝕，有時回首當年，在潮溼的心裡衹能覓得一絲斑剝的夢影，誰會想到：做一個釣者，也是難得的福分呢？

島上地狹人稠，多數池塘都標有禁止垂釣的木牌，可供自由垂釣的溪流固然有，卻不是一般都市人有閒去得的。儘管釣具行裡陳列的釣具異常精美，但持著精美的釣具，到那些做廣告招徠顧客的養魚塘去，人羣橫列在土堤上，一塘都是密密的釣竿，那就大煞風景，索然無趣了。有些深具經驗的人士，背著輪竿，到海濱去釣較大的魚，為了一條魚，守候終宵，弄得筋疲力竭，雖然談來津津有味，總覺缺少些閒雅的意趣。

有一次和文友話夜，談到詩上形容的「千山鳥飛絕，萬徑人蹤滅，披簑戴笠翁，獨釣寒江雪」

的境界，友人以為，就文士立場言，純為顯陳獨釣寒江的意境，就寫實立場言，應否念及漁翁的飢寒？而我卻認為寒江上的釣者，極不可能以捕魚為業的，鑿冰取魚非常容易，何用以一竿一綸苦苦守候呢？人在現實生活之外，尋求一種自然相融的美，並不為過罷？

不知怎的，我常夢見茭菱密生，浮萍散佈的池塘，夢見綠色緞帶般的溪流，我曾將釣得的魚，飼養在荷花缸裡，經常伏在缸沿觀賞，有一天，我會使用無鈎的魚竿，藉垂釣為名，去釣取我深愛著的大自然。

能嘲笑自己是說夢的癡人麼？至少，這願望是眞誠的。

——六十六年一月・台北市

弈趣

文壇上很多人知道我喜歡下棋，而且是標準臭棋，如果臭棋也選名人的話，那該是非我莫屬了。最早我走棋，走的是一種俗稱憋雞毛的土棋，極爲簡單，不登大雅之堂，隨意在地上畫一個「凶」字形的棋盤，每人兩粒棋子，樹枝或石頭都行，走至將對方封得走不動就算贏了。過後我下過一種叫五路挑夾的棋，再進而下過一種叫六路州的棋，有一點近乎圍棋的意味。

有一陣子我下跳棋，下到做夢都夢見彩色棋子在腦子裡跳，後來改下象棋，才算品嘗到棋藝無窮的滋味。爲求棋藝上達，我買了《橘中祕》、《梅花譜》、《殘局精華》、《象棋的前鋒與後衛》，總之，坊間能買到的棋書，我是盡量搜羅，夜夜打譜，但仍屢戰屢北。棋雖沒下好，但自認棋品還不壞，輸了棋，笑謂：棋輸子還在，拾掉再重來，下棋意在消閒遣性，若爲此摔棋子、砸棋盤，那就有違初衷了。

我下棋有個毛病，總愛高估自己的棋力。有一年，我有個土頭土腦的朋友來宅，時當中午，原該午睡了，但客人不去，彼此乾坐，又無話可談，我便問他會下棋不會？他問什麼棋？我說象棋，他說略略會一點，接著反問我棋力如何？我大言不慚的自稱：大概有一級棋力的樣子，並且自動取下一車，表示願意讓一車對弈。

誰知頭一盤，開局不久，他以横車直下將軍，我便宣告完蛋。我有些不服氣，認為是大意失荊州！對方笑著對我說：讓車不成，就改讓一馬罷！

二盤我讓他一馬，開局不久，我又馬失前蹄。

三盤平下，我算是武師踩到西瓜皮——栽了觔斗。

到四五六盤，變成對方讓我一車，我仍然沒能開盤，實在窘得抬不起臉，祇有把當地一位有段棋士抬出來唬他，說是那位高手定可勝他。誰知對方微笑著說：你是說徐麻子？你最好去問他自己，他自幼跟我下棋，到現在為止，問他曾否贏過本人一盤？我一聽，我自認的祖師爺都不是對方敵手，除了推開棋盤還有什麼法子？而且從那回吃癟之後，象棋我宣佈放棄了！如果不是吃了苦果，我還自以為再下點功夫，能贏平陽謝俠遜呢。

象棋不下之後，我又迷上了圍棋。從吳清源大國手返國到如今，我的棋齡不算短，林海峯從孩童升到十段，我不該稱棋壇老將麼？可惜我在圍棋方面是常敗將軍，那些常跑棋社的人物，每個人的棋力都比我高五六個子以上，使我有天下無對手之感；也就是說：很難有比我更臭的棋了。

不過，我願以臭棋自豪，自稱為吳家二棋士之一，大國手吳清源是第一高棋，我是天下第一臭棋，第一，祇不過有居前殿後之分罷了。社會上不乏有嗜臭之士，臭豆腐、臭鴨蛋都奇貨可居，臭棋何嘗不是棋壇一「寶」？當然，這個寶並非寶貝之寶，而是耍寶之寶罷了！

提到耍寶，七年前我就在弈園耍過一次大寶。一天中午，我去弈園，想找個較臭的對手下棋。我看來看去，那些棋客的棋味都浮到臉上，自思遠非人家的敵手，想開口又不好意思。忽然，我看見一個白胖生生的小孩，站在枰邊看別人對弈，我想：這個看來不過八九歲的小朋友，大概也是初入門的，正好和我配對兒，便上前摸摸他的頭，對他說：小弟，我們下兩盤如何？我讓你四顆子好了！

那孩子抬臉看看我，神情有些驚異，我以爲他年輕膽怯，又補了一句話：不用怕，我讓五子也行！誰知他仍然搖搖頭，說是：我在裡面還有一局比賽棋要下，無法奉陪。我說：是兒童棋賽嗎？他笑笑說：不！是升段賽！我一聽，嚇得魂飛魄散，我這十六級的臭棋，要讓有段棋士五子，那不是荒天下之大唐嗎？後來問旁人，才知那孩子就是大名鼎鼎的神童王銘琬，當時和如今的圍棋名人周咸亨是分先對弈的，我開口要讓他五子，他不以爲我是天下降下來的弈仙才怪呢！

我這些年來，讀了很多圍棋書籍，但下起棋來，其臭如故，我從沒參加過任何棋賽，但也自稱爲九「斷」棋士了。那是：

談起棋經棋典來，我是「綾羅綢緞」，此爲一斷。

我的三尺大龍，常常被人「一刀兩斷」，此爲二斷。

回思往昔成績，我便「魂消夢斷」，此爲三斷。

每當弈畢，仔細檢視己方之子，恆是「柔腸寸斷」，此爲四斷。

落子之際，經常「優柔寡斷」，「缺少決斷」，一再長考，結果仍爲「錯誤判斷」，此爲五、六、七斷。

每局棋中，常打廢手，「臭著不斷」，此爲八斷。

有此八斷，迷棋如故，以致「無法了斷」，此爲九斷。

世界上，弈棋弈到九段，爲數不少，但弈棋弈到九「斷」的，我想，這份風流該是獨家門面，別無分號了。

既然身爲九斷，居臭之尊，不可不著書立說，傳諸後世，這一點，我也曾考慮很久，那些眞正的高段棋士，執筆爲文，不外是精研圍棋藝術，探求必勝之道；而我的著作，祇能命名爲「圍棋必敗」論。因爲愈是敗得慘不忍睹，你的收穫愈大，記憶愈深，不怕敗的人，精神永遠不敗，愈怕敗的人，不敗則已，一敗就眞的一敗塗地了；往日日本雄踞棋壇的霸主坂田榮男，就是勝負心太強，贏了棋，趾高氣揚；輸了棋，垂頭喪氣，甚至連：「我老了！沒有用了！」的話都說出來了，這種九段，比起我這輸得起、越輸越樂的九「斷」來，恐怕就差了一段啦！

世上喜歡弈棋的人，對弈棋的態度各有不同。有人是想研究弈道，更求上達，有人是把弈藝和人性比映，參悟人生；而我是寫作之餘，純作消遣，所以臭一輩子也樂一輩子。

在文壇上，居然也有些逐臭之士；常常與我對弈的棋友，他們的棋藝，祇是略沾臭氣，當然要比我這奇臭無比的九斷高明得多，那是詩人彭邦楨（授本人四子），作家王怡（授本人三子），劇作家吳若（授本人二子），評論家虹方，小說家喬木、尼洛、高陽，作家王樸、姜穆、康白（與本人分先），當然，棋力最高的該推武俠作家諸葛青雲（可能授我九子），但在棋壇上也祇能算是高級臭棋而已。此公弈棋，大刀闊斧，性格非常，妙趣橫生，使我這僅能在一旁觀戰的人非常激賞，因爲激賞其敗也敗得痛快淋漓也！

我雖然自承棋藝很槽，但對弈棋的樂趣卻有無窮的獲益，偶爾我到棋社去，約上三五同臭棋友，輪番砍殺一陣，怪招盡出，隨心所欲，落子如行雲流水，常常是離經叛道，貴乎獨創——創別人嗤之以鼻的臭著。有時醉翁之意不在棋，而在於弈棋的環境。梨山之巔，天祥幽谷，海濱寒夜，兩人靜靜對局，彷彿是畫裡的神仙，那時刻，輸贏早已不在心上了。

我的棋具比較講究，弈棋時泡好茶，焚檀香，當然更有情趣，如果在弈後能有幾碟精緻的菜肴，佐以美酒，淺酌談天，那更是賞心樂事了。可惜我親密的棋友姜穆，此公棋品不佳，落子太重，有時一局弈完，被他踢飛的棋子，能有一打之多；若非臭味同投，我眞懶得選這種對手呢！

早先聽過兩則有關弈棋的笑話，其一是說：有人深夜電話警局報案，說是某處某宅，即將發生兇殺，請警方急速派員制止，警察去後，祇見兩人在下棋，並無兇案，轉問報警人，爲何謊報？報警人說是門關著，祇聽室內有人說：今天非殺你不可！另一人說：你想殺我？我還要殺你呢！兩人聲音都憤然含怒，不是兇殺的兆示嗎？警方再詢弈者，原來是個圍棋殺局，雙方比氣。

另一個笑話是說：有位把勝負看得特別重的棋友，即使下輸了棋，也至死不肯認輸。有一天，和友人弈棋，一口氣連輸三局，旁人問起戰果如何？此公面不改色的說：首局我沒贏，次局他沒輸，第三局，我要求和，他偏偏不肯。

我想，在圍棋這方面，我既已淪為「九斷」，大可以此為戒，心平氣和的以弈為樂，不必一意與人爭強鬥勝了，正因為不怕輸，所以勇氣百倍，即使要我授九段九子，我也敢下，大不了被對方吃光，如果有一塊雙活，就算贏的，結果不仍是哈哈一笑嗎？

早先讀圍棋雜誌，我最愛看的，不是對局詳解，不是讓人傷腦筋的詰棋，不是定石和佈局要領，卻是吳玲娟女士所寫的有關圍棋的珍聞掌故，是快厂先生所寫的詩。我愛它們，是因為那些詩文中，人生的味道濃郁，而且境界高遠，可惜無緣識荊，當面聆教耳！

我想，圍棋要推廣，普及民間，增進棋藝，光大發揚固然重要。能培養一些以弈陶情、輸贏不計，像我這樣的九斷，也是不容忽略的；至少，我也是樂在其中的熱心人士之一啊！

——六十五年十月·台北市

慕鄉

在都市裡囚居，心總矚寄鄉野，匆匆的旅遊雖可略一瀏覽鄉野風光，但卻難眞正領略鄉野生活的情韻，如果憑著飛馳的車窗，看四野旋轉，能得到的，怕祇是一丁點兒浮光掠影的印象罷了！

我該是綠色飢渴症的患者，恆常反芻著那些得自鄉野的印象，無論是得自久遠年月，或是較爲切近的，總朦朧裡閃著清晰，山的青，水的綠，空氣的純淨，天壁的晴藍，都使人添增企慕之情。那些影畫般的印象，哺餵著我囿於都市的靈魂，使我在飄浮中沉靜下來，生命也彷彿有了根蒂，一個出生在鄉野的人，能迷失於霓虹的光雨麼？我慕鄉的情懷是十分渴切的。

那和以自我爲中心的鄉愁該是大有區別的，我的鄉土和家宅，在幾十年的時空變幻中，怕早已面目全非了，實質上，它祇是生命成長的背景，穿經一些星零的記憶去顯呈它墨色的形象而已，爲何不釋放自己，去進入別人所擁抱的鄉野呢？

一年春季，微寒霏雨中穿過南橫貫路，見到一座搭建在危崖邊橫生的老樹椏間的木屋，牆壁是連皮的糙木釘成的，木板地面不很光潔，裡面堆滿了筐籮之類的雜物，白雲漾在窗篷下面，絲絲縷縷的溢進屋裡去，一個髮髻蓬鬆，平頭扁臉的婦人，在屋外的平台一角行炊，炊煙散出去，融在四周的白雲中，分不清哪是煙？哪是雲？山風盪過，雲和煙便搖曳起來，嫋嫋上騰，去攀吻崖壁間滾瀉而下的綠樹的尖梢。

平台邊緣擺滿了玲瓏的山石和盆盆的野蘭，有些正在放花，那些看來頗具品質的野蘭，要是擔售到城市裡，該會被栽進古雅細緻的花盆，培以蛇木屑和適度的花肥，放入溫室和蔭棚的，但它們卻被栽進鐵皮罐，破臉盆和損裂了的陶器，不經意的顯露出鄉野的情趣來，野壯的蘭草一進入城市就嬌弱了，人呢？我們一面抱怨那些鼎沸的噪音，湧擠的人潮，詛咒迷眼的燈彩和煙霧，一面卻患上了依賴文明、依賴都市的病症，要市場、要商店、要車輛、要醫藥，在感覺上，彷彿無一不可，而這幢搭建在荒山野嶺間的原始木屋，木屋裡從事屯墾的一家人，除了陽光和綠樹，風、雲和淙淙的泉水，他們別無所有。

屋主人帶著猴兒般的孩子，背著採蘭的竹簍從山間來，笑露出一口白牙齒，贈給我這陌生過客一盆野蘭，指著雲說是從雲那邊的天池附近採得的，歸來後，我把它栽進漂亮的磁盆，恍惚栽的不是蘭，而是我自己，於是說悲哀，不如說是自憫了，——作雲上的仙人也得具有獨立生活的勇氣呢！切斷人際的糾葛和連鎖，奔向山林和雲霧，你能？抑或我能？若能牽著偶爾飄過的念頭去尋夢，業已算是有心人了。

鄉野的生活，在意想裡都是美的；它單純、閒靜，具有不受文明捆縛的奔放和廣大的空間，實質上，生活本身並不是純淨的詩篇，它在於以什麼樣的角度去感覺，一般人生活在城市裡，身受文明的庇蔭，一切講求方便和享受，獨立生活的能力早在不自覺中削弱了；鄉野的生活，在攝影機的鏡頭裡可能很美，假如把主角換成我們自己，滋味便大不相同了。

記憶延伸過去，多年前走訪阿里山，見到一列擔柴的居民，其中有鬚眉皆白的老翁，苦瘦微僂的老婦，以及在茁長中的男女孩童，他們擔著沉重的柴火，赤著足，步履如飛的行走在塊石稜稜的山道上，一面走，一面談笑著，唯有那種生活才能塑出慣於踐踏山石的腳掌，生活絕不是一種止於觀賞的風景。

如果你的窗外就是瘟臭的豬欄，你的鞋底常踩著雞和鴨的糞便，如果你忍受得沒有電的夜晚，能擔得動食用的飲水，慣於牛車蝸行的速度，拋開一切物質文明所養成的依賴，你才能得到鄉野生活中甘美的那一部分，鄉野人們所保有的、恬淡的心胸，該是最難學習的，在無邊寂寞裡穿過悠悠歲月，輪轉的春秋，你能？抑或我能？也許我們都像古人所形容的，雖不能至，心嚮往之罷？

誰願自承被城市生活嬌寵得精神萎頓呢？我慕鄉的夢總是那麼深切，那麼纏綿。一個晴和的秋日，我和妻做了一次鄉野的訪客，我們拋開郊區那些風景名勝，我們總覺那些被無數遊客玩渾了的水，踏遍了的山，缺少鄉野的眞情趣。

日午之後，我們走進了丘陵環抱的一座類似集鎮的村落，這村落幾乎全是古老的紅磚厝屋，簷口低低的，除了幾家賣店，其餘的人家都半掩著門扉，靜悄悄的沒有聲息，村落的盡頭，有一座依著山坡建造的石屋，高高的屋基全是用粗糙的條石疊成的，大約有一丈多高，上緣已經圮頹了，呈不規則的形狀，石隙叢生著蔓草，大門和圍牆也都是那種條石砌成的，石紋斑剝，石面上染著年深日久的苔痕。

和正院連接的木樓，是土、石、木板混合的建築，土牆面上，用鐵釘嵌住塊塊黯紅色的方瓦，鐵釘的尾部，又用一撮水泥封住，大概是防水防鏽罷？這種用方瓦嵌成的壁面，在一般村落裡還絕少見到過。

正院的大門開在數十級條石鋪就的階石之上，石級兩邊，種植著蓬亂茂密的花草、芭蕉、七里香、萬年青、變葉木和拐磨花，一邊牆頂上，爬出條條牽結的仙人掌，另一面卻垂掛著葫蘆的衍生蔓藤。門的本身是髹著褪色紅漆的鐵條嵌成的，上半截透空，下面嵌有鐵板，一把鎖掛在門的中間，表示這宅院的主人出去了。從下面仰望，看得見庭院裡竹子搭成的棚架，一排鳥籠和碗大的青葫蘆垂掛著，一切的景象雜亂而又自然，有一種難以言宣的田園詩的情韻。

古老的石屋是不規則的，石屋頂上又加砌了一座凸出的閣樓，閣樓簷下又伸出一座木條釘成的鴿舍，一羣的的咕咕的鴿子，正在灑滿陽光的鴿舍上剔著翅羽。屋外平台上，擠著幾棵粗細不等的木瓜樹，樹上結實纍纍，那些爪形的葉子，在空藍的背景中搖曳著，看上去別有一種生動豐實的美感。

屋主人的家境，也許能使他換蓋新型的房舍，但他一定更喜愛這座佑護他成長的老宅院裡一磚一石、一木一瓦，對它，他有著許多不爲人知的經歷和記憶，那些，都和他的生命綰連著，一個使人企慕的、屬於鄉野的靈魂，他的生活和感受，是我們無法獲致的，一剎間，那些鳥，那些葫蘆和鴿羣，全顯出快樂的光彩來。

爲了保存這浮光掠影的印象，我拍攝了幾幀相片，也許，它會比夢景眞切一些，使人記憶得更深刻更久遠罷，誰知道呢？這一天所得的這份印象，原就像夢一樣的奇特而又迷離。它留給人的一份美的嚮往，和我們對於故鄉故宅的依戀有何不同呢？那都不是名與利的逐鹿者所能體會的。我們在斜西的太陽下離開那裡，一羣鴿子飛起來，牠們翅膀下的山村和石屋，已成爲我們新結識的朋友了。

——六十六年十一月・台北市

武陵夜宿

在武陵農場做了兩夜的客人，幾疑化身爲擁雲高臥的仙人了。居停之所很樸質，入夜時，雖當炎夏亦有如秋的沁涼。空氣是鮮潔的，帶著果實和松脂混和的香味，吸飲著它，彷彿在吸飲著冰凍的果汁。

日落前，我曾在山花含笑的路上踱步，看綿延數里的果園，大都是結實纍纍的梨樹和各種蘋果；由於果實過分沉重，會壓斷枝條，不得不用木樁拉起鉛絲的網格來支撐它們。無數成熟的果實，在向晚的霞光裡，燃出誘人的光彩，彷彿是一大片垂掛在綠葉間的、黃色和紅色的小燈籠，給人一種無比豐饒的感覺。

山溪從夾岸的高峯間曲曲奔流著。農場位居溪的右岸，右岸山勢較緩，由山麓斜坡伸展成一塊狹長的平地，約有十公里的樣子，都是農場的墾屯區。左岸山勢陡削，密林佈成滿山濃綠，滾瀉而下，其中有無數枝幹清奇的參天古樹，多屬松杉或檜類，完全是古老的畫境。沿著溪岸，松蔭下闢爲公園，建有古樸的茅亭、魚池、仿竹的欄杆，設計得非常自然，深得雅趣和幽情。

憑欄眺望，山與溪，流水與漂石，矗立的松杉，奇妙的組合成仙境般的風景。溪水聲，松濤聲，蟲鳴聲，蛙噪聲，融成一片天籟；輕絮般的流雲，便在天籟聲中，飄浮蕩漾，彷彿那是流自天河的水波。該是松在聽泉呢？還是泉在聽松呢？蟲在聽蛙呢？抑或蛙在聽蟲呢？我屏息獨坐，自覺任何言語都是多餘的了。

晚餐席上，安心的品嘗著農場出產的蔬菜、梨和蘋果，作爲主人的場長蕭將軍殷勤的招待，這份濃郁的人情像酒般的醉人。長眉大耳的蕭將軍滿面慈和，爲我們娓娓述及武陵建場的經歷，從草萊初闢到果蔬滿園，曾費盡智慧，歷盡艱困，那些解甲歸田的榮民們，更以他們的汗水，灌溉了武陵每一寸土地。

窗開著，夜氣沁涼，在一千八百公尺海拔的高處，覺得星朗天低，我們在橘黃色的溫暖的燈色裡，煮茶夜話，蕭將軍回憶起他當年戰鬥生涯，他和他的戰友們如何綏靖閩西，如何智破僞軍，浴血抗匪，他勇邁豪壯的聲音，使人鼓舞，使人銘記難忘。

話題轉到在武陵生活上，據蕭將軍說，此間的陽光、空氣和泉水，對溫帶或近寒性的蔬果花木的生長都極適宜。這裡的玫瑰，花開大如碗盞。牡丹培育也極成功。太陽花在平地祇常見紫紅色一種，而山間苗圃中，太陽花有淺黃、橙黃、大紅、粉紅、紫色等多種，豔如一片鋪地的織錦。一般說來，果木的病蟲害容易消除，但鳥害卻較爲顯著；山間林密鳥多，常來啄食果實。秋冬季，野豬羣偶然會來侵擾。牠們對於成木的影響不大，由於牠們有就地打滾的習性，常會摧折果木的幼苗。此外，溪對岸的密林裡，匿居有台灣熊，冬夜常聽見母熊呼喚幼熊的聲音。

罕見的飛鼠和斑背松鼠都是無害的。松鼠祇啃食落地的廢果。飛鼠常在夏季出現，牠們飛翔時，有一種特別的拍翅聲，遠遠就可以聽到。有時候，在乳濛的月光中，聞聲舉目，能見到牠們飛翔的影子。

山裡的猴類和蛇類也很多。由於附近山胞捕獵的關係，猴子們多半避匿於深山密林中，白天在農場附近，已很難見到牠們的蹤跡了。蛇類卻是防不勝防的，牠們常會出現在房舍附近，偶爾也會侵入室內。聽到蕭將軍的警告，我踏月夜遊的興致便減低了。

夜間沒有月色。雲片流過，偶然灑下一些微雨。我仍然推門出去，在果園環繞的院落裡徘徊良久。沿窗種植著幾株枝葉茂密的水蜜桃，收成季已過，祇能見到葉簇了。院中花圃裡，衆多叫不出名字的花卉，在廊燈光下，仍顯示出它們繽紛的顏彩。有一種叫「一串紅」的花，卻是童年時我在北方常見的，它的顏色有紫紅、正紅、粉紅、淡白多種；前年春季，我旅菲時，曾在碧瑤見過，也採摘一兜花種，回來種植，但卻沒能存活，也許它是近寒性的花木，不適應盆地的燠熱罷？如今，我眼裡的一串紅，在絲雨洗濯中開得好豔，彷彿是攤展在記憶中的童夢。

次日絕早，我們就乘車深入溪谷的底腹，去看大片連綿的菜圃，以及場員們的居處；由於墾拓的辛勤，他們的收益不斷增加，使他們的生活過得非常安適，每張略顯黧黑的臉上，都綻開著明朗的笑容。……在這裡，我尋覓到無數中國人的夢想，如果全國各地，尤其是廣大鄉野的人們，都活得像這樣豐足寧和，萬里江山均為人間樂土，那該是多美好的光景？而這裡所實踐的，正是全民至高的夢想。

車子沿山盤繞，把我們帶到桃山的高處，碧色的山崖間，匹練飛垂，那就是聞名已久的「煙聲」瀑布了。桃山標高三千七百餘公尺，煙聲瀑布的氣勢也極雄偉，它的美，不但是濺珠迸玉，更和四周古木蒼鬱，綠意彌天的山景融和，成為使人仰首讚嘆的絕景。

下山時，為貪戀幽奇的景色，便棄車步行五公里，然後去清流中濯足，分別拜訪了那些千年松杉，它們的主幹多呈褐色，樹皮分裂出龜紋。我不是詩人，無法讚頌它們觸星吻雲的姿影和千年成長的歷程，我祇能把那種清奇的影像，深深鍥刻在記憶之中。我祇是一個行色匆匆的過客，再讓我擁一夜松風，枕一夜澗濤，安然入夢，若在夢裡看見自己化為一株千年古木，我將會把記憶深入歷史，細數史頁間的風痕雨跡，引頸寄望未來，未來那一片新生的幼林和長春的鹿苑。而明天我將如謫仙般的黯然離去，且回首依依；當太陽還沒醒來的時候。

——六十五年九月・台北市

山水小唱

一、野柳

水的切割，風的打磨，在日照月臨的悠遠時序裡，形成這一組鬼斧神工的奇景，太極圖似的渾圓，古漢玉般的細緻，以淺凹的環帶爲池，把前來探親的海水留下，彰顯出陸海相親的餘韻；池水中，一圓丘凸起，白色沙岩的柔圓上，臥著墨魚般的堅石，彷彿古遠年代門環上鑲嵌的獸紐，那正是大地奧祕的門戶，等待你用感覺去開啓。

這一組動態的雕刻，全以岩石作爲素材，雕塑出遠古時期海的形象，不管是它的暴怒和它的溫柔，都是愛戀過程中眞實的寫照，那些殘留於岩壁間彎曲的浪線，顯示昔時海和陸地依依告別的光景。滄海桑田的變幻，啓迪著，並且教育著人們，刻骨的戀情一復如斯，而堅岩不是桑田，女王頭以戀海的情懷，立在碧空之下，宣告它永遠的屬於。

海是怎樣用它的精誠，以千年萬載朝夕的愛撫，盡顯造化的神奇，使這尊女神豎立，陽光爲她揭幕，風與雲前來觀禮，以柔藍的波光作爲背景，紀念著陸地與海洋亙古的戀情。

二、七星山夢幻湖

想像中，當雨季來臨，山洪浥注，它會成爲群峰環繞、碧波蕩漾的天池，夜晚映照斗杓的容顏，池邊的布袋運，開出千萬朵紫幽幽的小花；但如今，天晴水涸，湖心的野草成爲它隨風搖舞的長髮，輕風拂過，草浪如波，使人於一剎幻覺中，以爲那是復活的湖，夢幻湖這名字，有一種超越現實的美，高懸在人的仰望和期待中。

我曾在激戰的塹壕中仰望斗杓，面對陌生的窗光，做著青春的夢，從流轉時光中驀然回首，卻早已滿鬢星霜，獨坐於這湖邊，痛飲這一夕的黃昏，回憶仍成爲一種高懸的美，同樣令人釀醉。

三、淡江日落

天是熊熊的丹爐，把一輪落日燒溶成金汁，全都潑撒在動盪的海上，海和海岸的漂石，也都被鍍上一層耀眼的金黃，有著奪目搖魂的璀璨；古代方士有點石成金之說，也許源於海濱日落的幻想罷，這般的光景影色，怎不令人疑幻疑眞？

隨著季節的流轉，日落的景象也變化萬千，當天火焚燒著卷積的寒雲，成爲橙中帶紫的顏色，這種俗謂的「火燒天」的景象，通常發生在冬寒季節，瑰麗輝煌，美得滴血，無怪向西佇立的人群，紛紛翹首凝眸，目不轉瞬的注視它分分秒秒的變化了，陽光熾烈的烘乾雲朵，可以預卜明朝的朗晴呢。

古人有「夕陽無限好，衹是近黃昏」的章句，我以黃昏的年歲獨瞰黃昏，一絲溫暖中還帶有如許的淒清，看殘陽吻別一枝芒花，感到天地相戀的依依，雖僅一宵的離別，就這般的舞戀不休，無怪芒花的小姊妹們，都羞避在一邊，露出傾慕的笑顏了。人間的黃昏之戀又如何呢？不是有情人，怕永遠不會明白，那種九轉腸迴，神魂飛越的景況，拙筆豈能描繪，而天地恆以這種難分難捨的愛戀，啓悟著俗子的心胸。

四、十分寮

這將是山與水的祕奧，幻化成萬種纏綿，山的盟誓和水的激情，綿綿不絕的印證著，譜出轟轟烈烈的戀歌；而孩子們眼裡的十分寮飛瀑，又是另一種情境，有的說：水在跳欄。有的說：山在跳彩帶舞。究竟是山在舞還是水在舞呢？那樣的山姿和水容，卻都舞進人心裡去了。

五、南仁湖

南仁湖像是懷春少女的心靈，情波蕩漾，漾起夢般迷離，詩般幻想，每一縷思緒，都插香似的，點燃著蘊有祈禱的青春願望，它的幽寧，它的柔雅，正合上古人形容：「少女情懷總是詩」。朝陽濺迸出七彩的晶雨，萬花筒般旋轉著，將光雨灑向野趣橫生的湖面，三五朵出水的紅蓮，在綠色圓葉映襯下，展露出它們無比嬌豔的姿容；輕風拂動湖面，粼粼波光搖曳出朵朵金花，湖心彷彿鍍上一層奪目的金黃，多種水生植物，都昂首迎向晨光，構佈成和諧的有情世界，和諧中又含蘊著勃勃生機，一隻小小的紅色蜻蜓飛臨斯境，也彷彿陷入夢裡，不知歸向何處了。

晨曦如極光般的由山背升起，浮雲乘著甦醒的大氣飛揚，湖畔水草迎波漾動，伴著雲的音符，齊唱晨歌，幽靜的南仁湖，也有它豪野壯闊的一面，它正為深山的清晨揭幕，以自然的律動，激盪成無聲的歌吟。

六、合歡山

合歡是變化萬千的女郎，時而瑩冷，時而嫵媚，時而蒼鬱，時而溫柔，向陽的山脊上，碧草如茵，浴著陽光的群樹，影廓分明；峽谷的那一面，嶺脊間有光的躍動，一條山道分隔出深藍的天宇，而背向陽光的山壁，便顯出陰黯幽深，唯其如此，更能立體展現出雄偉的山姿。

雲與嵐合，雨與霧合，在山群間奔湧流盪，烘托出這春山嬌美的姿容，世間的潑墨，很難描繪出這般生動的情景，那是煙與乳的輕紗，是虛空騰湧的波濤，是大氣的流泉，藍天的飛瀑，是詩中之詩，畫中之畫，是天和地攜手創造的傑作。

含黛的東峰，像一隻嬌慵懶散的睡貓，在溫陽下散發出一串綿軟的沉鼾，以目光觸撫它，便會有一種入手成波、滑膩如緞的柔美。麗亮的藍天與微帶鵝黃的草色，交融成和平寧靜的圖景，映諸人間那許多離合悲歡，人們能不自省和惋嘆麼？

雲霧中出現一群白色的、骷髏般的枯木，它們曾以青春的綠光照耀太古，它們的年輪上，仍鏤刻著共同萌芽生長的記憶，有著對抗風雨雷電的眞情；於今，任低迷的山嵐圍繞，它們千掌相接，千臂相環，以生死與共之姿，密擁成連理，印證出愛戀的誓言，作合歡的蹈舞。

枯木背後的綠林，正以嚴整的橫列，向時間展開新的挑戰，這是一場奇異的、不流血的戰爭，宣示出生命的不屈與綿延，第一線的勇士們已在風火雷電中壯烈犧牲，但仍挺立如生，以嶙峋的風骨，作爲後繼者的榜樣，生存永遠是一闋戰鬥的歌，勇壯而昂揚。

在紅葉如花的秋晴，我曾再訪合歡，它的美簡直難以形容，它以松林爲梳，綠灌爲髮，細心的梳妝，並將自然的楓紅，插在它的鬢角上，使愛戀它的人，沉迷於它的懷抱，且聽且聽，流泉的琴和松風的笛，正在作迎賓的合奏，這一曲歡歌，將使你終生難忘。

七、明　潭

隔著晨霧的輕紗，明潭以初醒的嬌慵，攬鏡晨粧，山影倒浮，樹影依稀，小舟一葉，駛向空寂的碼頭，大氣沉遲，波平如鏡，斜掠的楊枝，也在驚怔中守著寂靜，這明潭之晨，充滿虛靜空靈，唯有剪水的舟波，在遠處興起一線粼粼。

透過淡霧的陽光，垂如彩虹飛瀑，自隱隱的山巓瀉向潭中，濺迸在浪端的光腳，一路跳著充滿青春活力的閃舞，奔向潭心；早起的操舟者，奮力撥槳向前，小舟搖漾出更多細碎的光波，彷彿行在光幕上，作爲觀衆的兩株柏樹，更以枝爲臂，指點著這片淡紫色晨光中所具的奇觀。

潭畔古老的石板屋，保有原始質樸的美，雖經人工壘砌，但每塊石頭仍顯出它們自己的個性，光的腳步踏過，明黯參差，便形成另一種藝術的流線，兩座石屋的三角，襯以不規則的積木和草葉，簷影排成的倒三角，使天空成爲自然的醬白，荒涼也是一種美，我總算在此體認到了。

悵立到暮靄如煙的黃昏，眞箇是：殘陽已落青山外，祇留下霞雲掩映的餘光，跌落在即將安息的潭面上，彷佛是天光和明潭暫行吻別，那一葉划過潭面的孤舟，也將泊岸休憩，弄舟人也將投向燈火暈黃的家宅了罷，啊，這淒清裡含蘊的餘溫，使我這落拓江湖的行者，備感惆悵。

八、福壽山

在五峰如蓮的環抱中，這一泓池水正是福壽山的明眸，正深深的凝視著雲天，水藍映著天藍，使美成爲一種心靈的燒灼，你如悄步臨池，投影於其中，它就會永遠記憶著你，並以它的精魄，歸入你的夢境，告訴你至美和永恆的祕密。

放眼山原，天的湛藍，雲的純白與芒草的金黃，融成一片豐實的秋情，給人以甜蜜的饗宴，在隔著七層雲的人間天上，南國的山色，野獷中含有別樣溫柔，這片草原，將羨煞多少隻牛羊，唯有獨具慧目的遊人，才享受得到精神的宴飲罷。

黃昏已近，雖無如煙暮靄，而山群已隱沒於蒼鬱沉黑之中，唯有西向的山原上，尚留有一抹殘陽的光彩，是落日餘暉，還是霞雲暈染呢？數株枯木，在引頸憑弔，一坡荒草，淒然陷入迷離，這片寂寂然的黃昏景色，正有著美到極處的淒涼。

九、新中橫

從一片滾延的濃綠中穿過，林梢的紅葉，一片片燦如怒放的春花，昔時人跡罕至的深山，如今有了蜿蜒的道路，每一轉曲，車窗外都出現一座新的桃花源，朝來霞掩楓林醉，中橫處處見桃源，將是它最佳的寫照了。

這裡的楓葉無須霜染，也呈現出薄醉的酡顏，臨風舞向秋空，古人對楓葉讚美吟詠，有：「霜葉紅如二月花」句，這一山的楓林，隨著時序的轉移，將逐漸由綠轉黃，由黃而橙，由橙而紅，所謂楓紅層層，表示楓葉的色澤，具有深淺不同層次的參差，臨到深秋，所有楓葉都轉成深紅色，像燒起一把彌天的大火，高山的秋，就是這般熱熾，這般醉人。

一旦經築路勇士們劈露山的胸膛，讓它們面對雲天，坦陳心跡，人們才會知道，這座山和隔著溪谷的另一座山曾經戀愛過，一個候成織女，一個望成牛郎，解意的春風特來溫撫，連綿春雨也潤過它們的心房，風化岩該是失戀的心，柔腸寸斷的相思誰能消受，可知戀有戀的甜蜜，更有戀的哀傷，幸得築路人為它們架起鵲橋，從此它們再不會有天上人間的憂煩了。

十、植物園

妳是千荷中初茁的一朵，婷然綻放；於翠葉之上展露出妳嫣然的花容，不沾一絲塵俗，全無半點瑕疵，妳冰清玉潔的姿影，恍如仙子凌波，外萼的抒展，內萼的驚怯乍放，構成使人既羨且憐的情致，那種活生生的豔紅，揉進一層淡淡的粉白，會使世上的白癡，也懂得什麼叫做顏色。

冬晴無雨的日子，我復重臨，一池空蕩，空留下幾莖殘荷，在清淺池面上，幻波弄影，即使秋風捲盪，葉片衰殘，它們仍默然依偎，以待雨之姿，迎接春來盎然的新碧，當寒雨打落葉面，那雨聲將響成一闋瑩冷的詞章，牽你思，引你悟，撩撥你的夢，使你的夢也如歌。

十一、北橫

原始的美，總具有極爲自然的眞質，毫無造作與矯揉，每一種林木，在叢丘中展現它們不同的個性，總天然色就有那麼繽紛，你黃你的黃，我紅我的紅，繽紛中又不失統一與調和，世上的丹青妙手，若不潛心向自然臨摹，如何能憑空創造出這般的美景。

車過高山，便想起碧空如洗的形容，霧潤的晨光就這樣的替滿山松柏淋浴，要它們翠得更翠，綠得更綠，針葉間凝掛著萬粒晶瑩，等待陽光的絲巾前來擦拭，人們喜愛森林浴，你可曾嗅出森林浴後所散發出的芬芳？戴尖笠的紅亭會告訴你，能掌握一刹，才能領略永恆。

十二、月世界

亙古以來，地塊運動所造成的惡地形，反成爲一種奇觀，光禿的岩面蝕如翁仲，一尊尊裸立著，顯示出千百年風痕雨跡造成的荒涼。草兒們在山腳自枯自榮，演述出人間輪轉的春秋。山的坦率和草的堅強，交織成最最原始的美。正午時分，沒有人跡，沒見飛鳥，它是一種靜靜的影立，陽光是唯一的見證。

地表與月表相同，廣寒宮的玉宇瓊樓，更屬傳說無稽；但人們如果摒卻幻想，一味裸立在現實中，恐怕會生活呆滯，靈性盡失罷。

十三、杉林溪

山勢旋轉如翠色的螺背，無數林木的尖梢，燃燒著透明的綠火，那些彎道使用十二生肖作爲標示，意想頗爲新奇，山嶺間便於瞭望處，更標出一些深具浪漫情致的名字，像相逢嶺，相思台之類的，若偕情侶同遊，倒十分撩人綺思。

登臨時恰逢陰雨，暮色像滿懷愛意的老祖母，抓一床柔雲的被子，把滿山濃綠覆蓋起來，讓它們憩息；你是否感受到，在你成長過程中所領受的母愛？晚風的吟嘯，正是催眠曲，所有精靈的葉耳，都在黑甜鄉的邊緣諦聽。

雨霧的清晨，去探訪飛瀑流泉，把山中美好的記憶，裝進我慣於飄泊的行囊，不知今生今世，是否有緣再登此山，即或有緣，怕也是山川猶在，人事全非啦。

十四、祝 山

山嵐掩映中，有一股陽春之氣，蘊於晴和天色中，給人以軒朗振奮的感覺，去冬殘葉仍未凋盡，而盎然生機又已勃勃甦醒，從挺拔的枝幹間，可以見到初綻的蓓蕾，向人間預報春的訊息，當一聲春雷響過，沛然而至的春雨，自會將整座山峰喚醒。

深深的，寶石藍的天宇，一抹隱過入林的陽光，構成特殊幽寧的氣氛，我屏息寂立，能聽見松實落地的微音，這彷彿是獨立遺世之境，光與景是那麼調和，蒼松默立成半剪影狀態，滿山草色籠入迷黯中，搖曳成似有還無、疑眞似幻的夢圖，眼前的一切，都被虛與靜所籠罩，蘊含著穆穆的，大自然的莊嚴。

在生苔的石壁間，山林展現了它豐繁和諧的原貌，樹和草，灌和蕨，親密的雜生著，同樣的經風沐雨，迎向陽光，「葉綠花紅」的形容，用在山中並不妥切，草和葉的配合，照樣造成萬紫千紅、繁華如錦的世界，人間精心設計的織錦圖，哪能比得天然呢。

十五、八　里

落日掩在雲幕背後，以肉眼難以觀測的熱力，熔雲成金，光腳又自雲縫中躍入水面，和一堆崖石嬉遊，較高的天頂，仍有飽含溼度絮雲泛著灰藍，替那微帶淒遲的海濱黃昏，作成柔性的鑲飾，小風拂起微瀾，那是一首以低音詠唱的小歌，天總歸是入晚了。

放眼遠眺，天和地相接，陸與海相啣，波光搖漾，幾葉漁舟正在歸航，懷抱稚子的少婦，佇立岸邊守候，把單純的黃昏景色，添上幾許溫馨的動感，遊人眼中的風景，和生活其間人們的感受，自有深淺之分，祇有勤苦討海維生的人，才懂得掌握每天最後一寸光陰。

十六、鳶　峰

遠山以幻藍佈疊成疑似天宇的背景，襯映出陽光普照的近山；細葉的林木在陽光側射中，勾勒出立體的形象，彷彿是藝術的浮雕，光景影色的變化，曲盡其妙，細緻的枝與葉的交錯，世上的丹青妙手怕也難以臨摹，峰的迴轉，草色的陪襯，更是巧妙的暈染。

冷杉和紅檜，在孤冷的峰頂，瞭望著歲月，一道年輪便是一度春秋，層層山影疊疊，披著霧的輕衫，戴著雲的冠冕，它們彷彿兀立於時間之上，使易老的芒花，嘆噫的搖著白頭，人間的滄桑就是這樣來的罷，不老的青山應該知道。

十七、石門水庫

銀亮的水環中，嵌一枚翠綠的玉飾，環外的群山是它加鑲的花邊，這一抹青山一泓碧水相互輝映，奪去了天的顏色，你不必仰視蒼穹，祇須俯視水面，便可見著天空，如果你在晨光初醒時，走過長堤，即使一瞥匆匆，你也將永生記取那環般的水貌，螺狀的黛色山容。

風是卓越的雕刻家，它能把堅岩雕成水紋，也能把水面雕刻成岩片，這種雲狀的斑紋，在靜態中蘊著動感，又在波湧中蘊著靜姿，無論是潭水或是蛇紋石片，它們都懂得自然的奧祕，利用一體的柔藍，它自由轉換或是互映的功夫，都將是人類藝術創作最佳的導引。

十八、龍　坑

霞光是太陽的使者，流雲是朝日的前驅，靜靜佇立的岩，歡呼騰躍的海，都在金與紫的天幕下，等待著太陽浴海而昇；這黎明的揭幕禮，如此神聖而莊嚴，充滿了天呼地應的樂聲，表示出寸金寸陰的可貴，觀乎此景，我們有何理由，在滔滔塵世中浪擲光陰呢？

這另一角的景色，直如世界的縮影，小小嶺脈的曲折綿延，平野的展佈，山的嶙峋剛健，水的柔碧清澄，彷彿是千萬年前太古光景的重現，它和祥、靜默、涵孕著無限生機。在這裡，沒有生存的痛苦和掙扎，沒有炮火與戰爭，難道這般的自然景色，仍不足默化人類，奮力去追尋，新天新地正在我們的心中啊！

十九、陽明日暮

深山的黃昏，殘陽無力煮雲，天壁間泛起一片湘妃色的斑爛，恍如年邁旅人沉黯的夢景，它含蘊著如煙如雲的記憶，影影綽綽，朦朦朧朧，逐漸變為玄黑，誰眞能分辨得出，這樣的暮色中，究竟有著多少不堪回首的淒涼？

當地上物都已暗成參差的剪影，一角尖頂的亭樓，兀立著，翹首天空，夕陽雖已沉落，但反射的餘暉仍然染紅天頂，使這黃昏有一種美極了的淒情，古代登樓懷古的詩章，就是在這種淒美光景中寫成的罷？

廿、墾丁

潮音是自然的伴奏，頑皮的水靈們，正在水成岩多孔的胸膛上，輕輕的逐舞，它們的舞姿靈動曼妙，舞出另一曲屬於大海的霓裳。

水成岩是滿懷愛意的母親，以它的千乳，哺餵著海星、海馬，小小的寄生蟹，唯有牠們，才能領會海的奧祕和海的恩情，水靈們將用它的潺潺，仔細說給你聽。

廿一、南　雅

是地塊運動的激烈推湧，是硫磺火風經年累月的雕琢，造成了這一片大地的浮屠；有些狀如迸裂的果實，有些狀如大漠上的烽火台，大自然的瑰麗神奇，誠令人嘆爲觀止。在不見烽火的南國，我們共同的母親——大地，就用這些豐實的乳房，哺育它的子民們，用懇樸和辛勤，造成淌著金、流著蜜的豐饒。

廿二、鳳凰茶園

傳說中的鳳凰，是神奇的火鳥，但有誰見過呢？

在以鳳凰爲名的地方，燒天的朝霞是一把熾焰，飛越的大氣旋捲著低空的流雲，在山的峰脊背後，翔舞成一隻火鳳凰，它復活了遠古傳說的美，顯示出宇宙神奇的力，這種活生生的鳳舞雲翔的美景，你若見著，心裡便會想起鳳凰和鳴的聲音。

廿三、龍　頭

被夜露淋潤過的山群，初睜開惺忪的睡眠，用明淨曙色洗臉梳妝，輕微的霧雰，是它們滋面的乳霜，勾勒出山的姊妹不同的臉廓；而天宇是一面水磨的稜鏡，照映出這一幅群山的曉妝圖，它帶來初醒的倦和夢意的柔，你可曾在春晨初醒的迷離中，親身感受過？

廿四、武　嶺

草是它的裙帶，松是它的衣裳，面對秋的晴藍，它仍願裸露出它原始的胸膛，接受陽光的溫撫。

風雨剝蝕過，激流沖刷過，震災割裂過，但它的面顏堅毅雄武，讓呼風嘯月的新生命，在它背脊上繼續的生長，這正是自然的萌發和綿延。

山原間，一片浴著豔陽的黃花，擰著手，牽著衣，去趕赴原野的舞會，每朵花都浮漾著笑容，輕風曳劫花枝，花朵們便舞出一種柔柔的波浪，那種不容逼視的美豔，使蜂和蝶都自慚形穢的躲開了。在花開的歲月裡，它們歡舞出一生祇有一次的沉酣。

廿五、坪林苗圃

依著山勢闢成的梯田，以迴旋的斜線下滑，顯出原始的山容，一片青青的作物，使人想起農家耕作的辛勤。正面的梯階，彷彿是古代神廟前的石級，拾級而升，去朝拜穆穆的蒼穹，人與天地的關係，在這裡特別顯得自然而親和。藍衫牽子的村婦，正以這片綠野當成課堂，讓它鋪展在孩子的心中，培養他法天則地的情懷罷。

廿六、觀　霧

草兒們在金陽下，暈染出一種生命成熟期的燦爛，這上一代做母親的草，以如雨的霧雰哺餵著它們的嬰孩，搖曳出一片蜜意的溫柔。它們曾和一山的蜂蝶共享春光，隨著時序的轉移，它們捐出了青春的翠色，爲下一代織成金黃的衣衫，使它們的子女，能點綴明春的山。

廿七、陰陽海

瀚海最懂得裝扮自己，用太陽的金，月亮的銀，用波浪綴出無數的花朵，用沙岸縫製成裙裾的花邊，圍繞著南國的島嶼，跳起它自由的舞來。

它舞得那麼的酣暢在溫存，讓歸航的船隻，發現岸上的家已經橫在眼前了，歡悅的漁歌，總在那一線上揚起。

廿八、無　題

眼中的亭台是一場古遠的夢，旋轉出一些浪漫的綺思，復歸入歷史的夢境，世上多少盛放的春華，共譜過同心的戀曲，又有多少纏綿的詞章，道出惆悵百結的相思。微雨中共傘同遊，古廟中拈香膜拜，祇是傳統中戲曲的故事，而在我睜醒的眼瞳裡，已是雲散煙消，祇有空寂的悵然，即使夜闌人散，它的美，也將成爲永恆的記憶，不再回歸。

——七十九年五月修正・台北市

《鄉野奇談》拍片始末

對於影片製作，我算是道地的門外漢，但若干年來，我對國產影片前途的關注，卻和很多有心人士同樣的熱切。我常看國片，更常和影劇界的朋友們交談，總希望多了解一些實際的狀況，幫助我去探究國產影片在取材內容上、製作過程上、成品表現上……諸多問題的核點。

作爲一個普通觀衆，我常常是焦慮又失望的。看看我們的拳頭片和刀劍片罷，一部比一部賣兇鬥狠，花招大量出籠，但看久了，便感覺到無非是血流五步、屍橫遍地的打殺，非血濺銀幕不過癮，不論那些片子主旨和意識多麼廉價，多麼庸俗，祇要擁有很高的票房紀錄，製片人就會笑得見牙不見眼，以爲是值得驕傲的成功了！再看看我們的時裝文藝片，沒有煙火味的場景，雲裡霧裡的青春夢幻，軟得彷彿害了一場小病的愛情，中間加上些出國、車禍之類的轉折，便成了高潮迭起的堂皇鉅獻，一片成功觀衆解囊，祇是傷皮不傷骨，而且是自願的，一點小小的失望算什麼呢？走出電影院，一口氣就嘆掉了！

影片製作的本身，雖具有高度的文化性，有著啓智的、教育的多面功能，但娛樂性仍佔著極大的比重，這是不爭的事實，由於電影這種綜合藝術投資較大，進入放映階段已經屬於商業行爲，片商的營利觀念和一般社會商業觀念並無二致，這原是無可厚非的，但出品人、導演和編劇人，是否以道德良知和高度責任感面對社會大衆？是否有權把電影當成毒品和痲醉劑，超量的投給觀衆？這卻是值得探討和商榷的了。

若干報紙的社會新聞，長年累月的渲染著姦盜邪淫或是打殺鬥狠的事件，有些人竟習慣用別人的痛苦作爲早餐的消化劑，這種超常的自私和冷漠，在都市生活中屢見不鮮，社會新聞的大肆渲染，情形已屬嚴重，如果影片在內容意識方面火上加油，對社會人心將有怎樣的影響？難道國產影片就這樣一窩蜂的鬧下去嗎？

當然，實際的困難遠比想像的要多，海外市場日漸萎縮，投資的風險大到像下注賭博，多數民營的製片公司資金短絀，不能不以票房顧慮爲主要前提，在一切以票房論成敗的觀念籠罩下，影藝人員的藝術自信心逐漸喪失，隨著也失去了專精求進的精神，在這種情形橫在眼前之際，侈談起飛和突破豈非癡人說夢？

有一天，我和《秋決》一片的製作人胡成鼎先生聊天，我很直率的提出門外漢的看法，對他建議說：「我們能否放棄專靠卡司賣錢的觀念？用舊皮囊裝進一點新酒，我們把鄉土性、趣味性、益智性，都揉進一點，把打鬥設計成輕鬆的喜劇格調，不殺人、不流血，不行嗎？」

「你是想讓吸鴉片的人去改吸香煙？」他說：「那在他們的感覺裡，一定不會過癮的，不過，你如果願意試一試，那我們就成立一個『影毒勒戒所』好了，首先你要明白，一個編劇人的編劇意想，和拍攝出來的成品之間，由於製片條件的關係，會有很大距離的。」

「這不要緊，」我說：「劇本寫成之後，我會事先和導演逐場討論，如果在實際拍攝上有困難，可以刪除。」

我在事先和導演討論劇本時，翻到拍攝陰森古墓的那場戲，他說明這樣大的墳場在影棚作內搭景花費太多，而且幽古的氣氛不容易出得來；如果換成實景，找不到那樣的地方，即使找到，沒有電源也是空的。

「好！取消算了。」我說。

另一場是拍攝春天的花園，羣蝶紛飛，柳線輕搖，導演搖搖頭說：

「不能在蝴蝶產地拍蝴蝶，可以高價收購兩千隻，每隻單獨裝入紙盒運來，但飼養有問題，等到開拍時，蝴蝶都會死光了！你的蝴蝶夢，不做也罷了。」

「蝴蝶拍不成了，柳樹如何？」

「柳樹是有，不過柳樹的背景都是現代建築，不是侯府的花園，我看也免了罷！」

「拍戲講究氣韻，很多氣韻是靠背景暈染的。」我說：「比如說元宵的燈會，我希望來它一個繁燈如錦，重現漢唐盛世的光景，這該做得到罷？」

「如果給我好萊塢A級片的預算，定可包君滿意。」導演苦笑說：「以目前的預算，能紮它三幾百盞花燈應應景，已經是『不惜工本』啦！」

「那麼，三上吊的那場戲？」

「沒人會演。」導演說：「祇能改成雜耍。」

這樣一場一場算下來，已經沒有幾場戲好拍了，最後，我疲乏的告訴他說：

「一切由你作主罷，以實際拍攝條件許可爲原則，如果還能保留一點原劇的韻味，我已經額手稱慶了。」

「你最好去盯盯場，」導演說：「你就明白國產影片的導演是怎麼幹的了。」

一天，我去參觀夜景戲的拍攝，兩百多臨時演員到了一百五十左右，消夜吃罷，留在現場的不到一百，有的找地方睡覺，有的翹起屁股圍成一圈擲骰子，四處吆喝把他們聚攏去演喜劇，他們聽命大笑時，我看到的卻是一場悲劇，拍戲完了，請我看試片，還算好，至少在韻味上還留下一些影子，一個朋友對我說：

「這可不是笑話：一個編劇接受導演的邀請去看試片，看完之後，編劇懊惱的呆坐在位子上一言不發，導演請他發表一點感想。編劇說：『剛剛放映的究竟是誰的戲呀？』導演紅著臉說：『你的戲，怎麼問我呢？』編劇忍不住跳起來說：『我的戲?你說說看，哪一場是我的戲？』……比較起來，你已經算是幸運的了！」

「是啊！」我說：「我該請導演喝幾盅，他總算很坦白的替我上了一堂課，使我明白作爲一個編劇人，儘管心有天高，可也不能不把客觀的製作條件拋諸腦後！這部影片，總算把我原始的意念，透過兩個天眞無邪的孩子表現出來了。也許沒有卡司，影響票房，使製片公司和導演全受我怪想法的拖累，果眞如此，應該道歉的是我，不是他們。」

——六十七年八月五日・台北市

附錄：

獨釣歷史的惆悵

張默

《月光河》是司馬中原繼《鄉思井》之後的散文集。司馬中原的創作生命跡線，似可從他的自序中找出一些蛛絲馬跡。他說：「《月光河》，這個集子，最能顯示出我生命成長的痕跡；我藉著它召喚記憶和印象，藉著它標明我的心志和願望，每一個篇章都凝有生命情感，它已非早日信筆塗鴉了。」

在中國當代小說的曠野裡，司馬中原的一支銳筆，縱橫馳騁，叱吒昂首，極為惹人矚目。他的一部部長篇小說，隨著日漸荒蕪的歲月，也已在眾多讀者心靈中占有很大的空間。

筆者經常和一些愛好文藝的青年朋友們，談到當代小說，大家的話題常會不自覺也扯到司馬中原的身上。有的人喜歡《荒原》的淒絕，有的人喜歡《狂風沙》的粗獷，有的人喜歡《路客與刀客》的俠骨，有的人喜歡《魔夜》的詭譎，有的人喜歡《青春行》的真摯，有的人喜歡《鄉野奇譚》怪趣……的確，司馬中原那出奇豐富的想像力和他那驅策語言的勁力，使他在現代小說的領域裡，占有相當重要的席位。

從事小說創作之餘，他也寫了不少篇精純細膩的散文。以產量而言，雖不能與小說相提並論，但就建立當代散文新風格的趨向而言，司馬中原那些晶瑩的小品，無疑提供了一些可以深入探索的新境。

《月光河》所收入的篇章，如以內容性質來區分，不論大我的引伸或小我的抒發，把它們置於當代新文學歷史的軌跡上，筆者以為司馬中原所蘊育的厚實感與沉重感，確是十分動人的。它們彷若一群黎明的馬陣，以極豪邁的步伍，隱隱撼動著蒼茫的大地。在不斷努力奔馳的路程上，司馬中原是一面狂嘯著一面沉思著，甚至是二面反芻著。

我們離鄉背井來到寶島已經卅年了，故國山川的人情風物，依舊歷歷如繪地浮現在我們的腦際：《月光河》的每一頁，幾乎都充滿著作者一股無法宣洩的鄉愁：

「把我的懷念投向往昔時空，端的是欲寄無從了！早年我所見過的廟宇，如今還能覓得一塊殘磚，一片碎瓦麼？人為的浩劫，從歷史裡跳出來，輪現在這世代人的經歷當中；我倒盼望能有那麼一座廟宇，將歷朝歷代的亂世賊子，放在刀山劍林，油鍋炮烙的活地獄中，使他們死後，也領悟自作自受的滋味。」（廟）

司馬中原的觀察是犀利的，筆觸是劍及履及的，透過他那十分奇特的語言的魔力，使我們看到卅年前的故鄉既清晰而又朦朧的面影。猶記孩提時，每當群雁南飛，總會情不自禁地仰首凝望長空，細數著牠們排成人字形一字形緩緩地消失在我們的視覺裡……

現在我們不是要努力尋找自己的「根」嗎？作者在《月光河》的某些篇章裡，譬如〈磨坊〉、〈夢痕〉、〈垂釣〉、〈畫夜〉……等等，他不是已經很激情地告訴了讀者：「穿過金迷紙醉的浮華，拂去霓虹追逐的光雨，找尋一種最基本最安適的人物的生活方式，永遠沐浴在那和樂安詳、無恐無懼的世界裡」……也許那才是我們的民族和個人真正綿延不絕的「生命的根」吧！

此外，司馬中原對語言的高度技巧，對慘澹氣氛的經營，對過去經驗世界的探索與追憶，在在都顯示出驚人的成就。這本書對當前某些有志於從事散文寫作的青年朋友們，尤具有啓迪性的效用。

NA007

雞尾酒會及其他

吳魯芹　著　　定價210

《雞尾酒會及其他》是吳魯芹散文的里程碑，全書展露他的英式幽默，對生活瑣事觀察入微，如談裝電話、談請客、談懶散，皆有獨到見解；風趣詼諧，令人會心一笑，形成其獨特的散文風格。

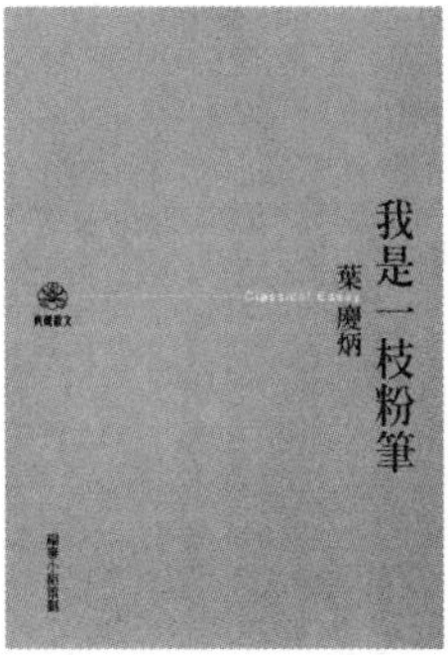

NA008

我是一枝粉筆

葉慶炳　著　　定價280

葉慶炳風行一時的「晚鳴軒」散文精選，內涵深厚，文筆親切，幽默雋永，台大柯慶明教授專文導讀，名家楊小雲專文推薦。作者曾任台大中文系教授兼系主任、研究所所長，作育英才無數，文學創作與理論著作皆豐。

◎ 上列作品，單冊八五折。團體購書，另有優待，請電洽。
◎ 日後定價如有變動，請以各該書新版定價為準。
◎ 購書方法：
- 網路訂購：九歌文學網：www.chiuko.com.tw
- 郵政劃撥：0112295-1，九歌出版社有限公司
- 信用卡購書單，電索即傳。請回傳：02-2578-9205
- 電洽客服部：02-2577-6564分機 9

NA005

砍不倒的月桂

胡品清　著　　定價250

融合古典才女與西洋仕女的胡品清，慣常以詩人的筆調書寫散文，句句充滿詩意，字字流露她個人的眞摯情感，也展現了她獨特的思維、與世無爭的處事態度，讀來別有一番韻味。

NA006

雪夜有佳趣

思果　著　　定價280

余光中以「迷人的嘮叨」，品評思果的散文。思果以閒聊談天形式入文，娓娓道來如話家常，卻又富含深意，文字精鍊，字裡行間都是人生智慧，深入淺出，令人擊節讚賞，低迴不已。

NA003

更上一層樓

林以亮　著　　定價250

本書爲作者十年來的精選文集，代表作者的「兼美」：深入的學術性和淺出的可讀性。取材廣泛，古今中外兼收並蓄，書中隨處有趣味盎然的記述和評論，熔知識、見解、機智、幽默於一爐，令人回味無窮。

NA004

雞窗集

夏志清　著　　定價300

名重海內外的文學史家、批評家夏志清，他的散文更是特色獨具的典範。本書說童年往事、青春夢戀，篇篇讓人看到作者在嚴謹的學術思想外，洋溢在文學世界裡的捷才博學、童心眞情。

典藏散文

NA001

夏濟安日記

夏濟安　著　　定價280

日記從一九四六年一月至九月，完整呈現一代文學大師夏濟安處事的自省與對愛情的一網情深，媲美《少年維特之煩惱》。夏濟安自五〇年代任教於台大外文系，與其弟夏志清對當代文學的貢獻，既深且遠。

NA002

低調淺彈——瞎三話四集

吳魯芹　著　　定價220

余光中說：千萬讀者可在吳魯芹的作品裡認識這位認眞又瀟灑的高士。他的散文長處不在詩情畫意的感性，而在人情世故、事態物理的意趣之間。吳魯芹的文風莊重詼諧，知性中不失溫柔，蔚爲一代大家。

九歌文庫 14

月光河

作者	司馬中原
責任編輯	何亭慧
發行人	蔡文甫
出版發行	九歌出版社有限公司 臺北市105八德路3段12巷57弄40號 電話／02-25776564・傳真／02-25789205 郵政劃撥／0112295-1
九歌文學網	www.chiuko.com.tw
印刷	晨捷印製股份有限公司
法律顧問	龍躍天律師・蕭雄淋律師・董安丹律師
初版	1978（民國67）年10月20日
重排新版	2007（民國96）年12月10日
新版2印	2013（民國102）年12月
定價	250元

書號	F0014
ISBN	978-957-444-453-3

（缺頁、破損或裝訂錯誤，請寄回本公司更換）

國家圖書館出版品預行編目資料

月光河／司馬中原著.-- 重排新版.
--臺北市：九歌， 民96.12
面；公分 --（九歌文庫；14）

ISBN 978-957-444-453-3（平裝）

855 96020078